茶余酒后
话古训

李业陶 —— 著

哈尔滨出版社
HARBIN PUBLISHING HOUSE

图书在版编目（CIP）数据

茶余酒后话古训/李业陶著.—哈尔滨：哈尔滨出版社，2021.5
ISBN 978-7-5484-5830-2

Ⅰ.①茶… Ⅱ.①李… Ⅲ.①散文集－中国－当代 Ⅳ.①I267

中国版本图书馆CIP数据核字(2021)第017506号

书　　名：茶余酒后话古训
CHAYU-JIUHOU HUA GUXUN

作　　者：李业陶　著
责任编辑：赵宏佳　尉晓敏
责任审校：李　战
特约编辑：李　路　翟玉梅
装帧设计：秦　强

出版发行：哈尔滨出版社（Harbin Publishing House）
社　　址：哈尔滨市香坊区泰山路82-9号　邮编：150090
经　　销：全国新华书店
印　　刷：三河市华晨印务有限公司
网　　址：www.hrbcbs.com　　www.mifengniao.com
E-mail：hrbcbs@yeah.net
编辑版权热线：（0451）87900271　87900272
销售热线：（0451）87900202　87900203

开　　本：880mm×1230mm　1/32　　印张：8.375　　字数：190千字
版　　次：2021年5月第1版
印　　次：2021年5月第1次印刷
书　　号：ISBN 978-7-5484-5830-2
定　　价：69.80元

凡购本社图书发现印装错误，请与本社印制部联系调换。
服务热线：（0451）87900278

最有价值的邂逅

李业陶

我喜欢读书,那些读书经历中的缘分与快乐,都是值得我珍惜和收藏的人生财富。

在村里上小学的时候,除了课本,难得有什么儿童读物。我读的第一本课外书,是从祖父书箱中翻出的《清朝三百年历史》。清冷的磨房里,我抱住磨棍边走边瞧。才子佳人、邪魔鬼祟、奇闻怪事,通篇近乎荒唐的故事,我一律读得津津有味。祖父有四大箱书,绝大多数是"之乎者也"一类,好在混杂其中的还有《桃花扇》《奇巧冤》《三国志平话》等"闲书"。倘若用现在的标准衡量,小小年纪读那些书并不合适,可在"书荒"的年代,有的读总比没书可读好得多。

十一岁那年,我转学去了父亲工作的学校上学,因我非农业户口的身份,没有什么农活可做,很荣幸地成为了学校图书管理员。书是我管理的,自然有得天独厚的阅读条件,所有的存书被我翻遍。我的读书内容也在极短的时间里完成了从《红领巾》《小朋友》到《红旗飘飘》《气壮山河》《地道战》等大部头的转变。

踏进中学的校门,虽然图书室已经能够满足我读书的欲望,但是我感觉手里只有一本书不过瘾,常常借用同学的借书证,一次就借两本、三本,得空就看,于是在课堂上偷看小说被老师捉住也在所难免。

离开学校步入军营，入伍不久我即被借调到政治处工作，政治处的小图书室就成了我的精神后花园。部队从山东调防到河南之后，我利用在政治处工作的便利，拿到了当地图书馆的钥匙，还在人们因为"文革"被挡在图书馆门外的时候，我和战友不止一次把书用挎包背回军营。

一九七六年初秋，部队调防到黄土高原，我所在的连队驻地恰巧与图书馆很近，图书馆就成为我经常去的地方。那时候新书少，过去收藏的书大都没有解禁，可供借阅的书不多。起初我也跟别的读者一样，能借什么就看什么，后来我看到管理图书的关老师经常忙忙碌碌整理图书，便主动要求帮她，她看我诚心诚意，也就把我让进书库。有些书要重新包上皮，有的书要贴标签，也有的需要把撕破的地方粘好，我认真地做这些琐碎的事。也许因为我特别喜欢看书又非常爱护书，言谈举止深得关老师好感，由此为我大开了读书之门，只要我出现在借阅室门口，关老师立即开门放我进去，偌大的书库里，任由我翻阅，并且不再让我去做糊书皮之类的事情。有些很好的书，由于"文革"的缘故便不再出借，但对于我来说，已经没有了封条，书架上的自不必说，就是常年密闭的书厨、书柜也可以任意打开搜罗。三年时间，我的阅读量大大增加。

一九八四年，我考入了市委党校培训班。两年的学习生活非常有规律，下午课外活动和晚上自习时间可以自由支配，于是我选择了读书。党校学习阶段是我集中读书的最后一个时期。读过《天龙八部》之类的武侠书籍，总算弄明白了金庸的书为什么让青年人如痴如醉；读过《源氏物语》这样的经典之作，细腻的笔法和娓娓动听的故事深刻揭露了日本皇族的腐败、腐朽，也不失为传世名著；读过时髦一时的《大趋势》，据说当时许多国家元首都列为必读书目，也让我第一次领略了蓝领、白领、信息之类的新名词，思想观念与时俱进过一回。

光阴荏苒，盛年不再。退休之后，我仍然喜欢读书，尤其近两三年，喜欢上了国学，喜欢上了古训。

过去也曾经听说、读过一些古训，但多是只言片语、零零散散，这次或许缘分使然，我偶然打开《名儒家训》便被深深吸引，再舍不得放下。《名儒家训》是我的藏书，这本书收集了62位名儒的家训，内容涉及亲情、爱情、为人、做官、职场、处世、家教、养生等等。虽为家训，却不类那些婆婆妈妈的唠叨，实实为一篇篇美文，蕴涵着深刻的道理，又有译文与原文对照，读来顺畅明了。这些文章虽然有时代和立场的局限，但总体来说，名儒家训的精神内核称得上是白璧微瑕。当我把古代明贤的训诫与当今社会现实联系在一起的时候，感慨油然而生，备感中华民族文化遗产是先贤优秀思想的结晶，蕴藏着丰富的精神财富，倘若正确开发利用，会对现代社会主义精神文明建设产生不可估量的推动力。

《名儒家训》只不过是个引子，随着我把《名儒家训》《名人家训》两本书读得开绽，我对古训的探知欲望更为强烈，于是我从图书馆借回《治家史鉴》《尚书》《论语》等书，又从网上搜集大量古代圣贤和明君的典籍，在通览、粗读的基础上，对于其中擦出思想火花的经典论断、警言名句反复揣摩，然后写下自己的体会。

古训融合了作者对历史经典著作的理解和自身人生旅途中的经验教训，有的古训是以心酸、痛苦、血泪甚至生命的代价换来的，包含非常痛切的人生感受和生命体验。古训是一股引导社会发展的巨大精神力量，在过去、现在乃至将来，都会对社会生活产生无可取代的影响力。当我读到一些经典言论时，常常为其所折服、感动，甚至有一种冲击灵魂的震撼。透过那些无言的方块字,白居易、范仲淹、陆游、颜真卿、张英等人物形象一个个丰满、鲜活起来;老子、孔子、孟子等圣人的训诫以及典籍中的故事与我们的日常生活联系在一起,一次次的豁然开朗,一层层的拓展视野,一堂堂的思想进修,精神世界一点一点得到升华提高。

有人说,所有的相遇都是缘分;有人说,读到好书如同交到好友;沁沉古训,我备感这是最有价值的邂逅,不由自主地有了拿笔写下感受的冲动,于是,不知不觉间写下了十余万字的读书笔记。根据不同内容,我把这些文章分为修身、处世、职场、治家、家教、养生六辑,汇编成书奉献世人。

书海浩瀚,古训精深,完全掌握、领悟古人训诫,是一件十分困难的事,《茶余酒后话古训》这本书,就是着眼于人们切身关心的问题,用通俗的语言解读古人经典之训,剖析日常生活事例,教育世人在新的历史时期如何修身、齐家、处世。从本质上说,《茶余酒后话古训》传承中华民族文化、弘扬优秀道德传统,对处世为人、家庭和睦大有神益,也是推动社会主义精神文明建设的极好教材。

不可否认,由于历史与立场的局限,有些古训中难免有违背人性、违背科学、落后、保守的内容,比如维护封建王朝统治的愚忠、只为自己出人头地的意识、一定的迷信色彩等等,本不可全盘接受,所以,《茶余酒后话古训》在选取古训时尽量正确取舍,吸收其精华,舍弃其糟粕,为读者奉献正能量的精神食粮。

弘扬国粹,利在当今,功在后世,正是本书编撰的初心。

目录 Contents

>>> 修身

1. 做人要有一点儿车辙品质　　003
2. 分外之利不可妄求　　006
3. 清白是最宝贵的人生财富　　009
4. 学古人,为不贪找找理由　　012
5. 常怀悔心,日见长进　　015
6. 邂逅一位知足常乐的典范　　018
7. 于细节处看修养　　021
8. 身处患难须自得　　024
9. 许汝霖家宴有规　　027
10. 张英:律身训子四要则　　029
11. 人生在世当立志　　032
12. 有过则改善莫大焉　　035

13. 惟读书可提升气质	038
14. 若能慎独岂会踏入深渊	041
15. 修身养性以防复生贫贱	045

>>> 处世

1. 诚实守信乃成功之道	051
2. 懂得放弃方为智慧	054
3. 请为问路人指点迷津	057
4. 不要轻慢衣着朴素的人	060
5. 终身让路不枉百步	063
6. 交朋友贵贤不贵多	066
7. 若遇贤人胜贵人	069
8. 人无高低贵贱之分	072
9. 心怀感恩自温暖	075
10. 如何对待传言有学问	077
11. 人能忍事则无争心	080
12. 别让你的"晒"成为别人的刺	083
13. 讷于言未必不优秀	085
14. 从近人情看人品	088

15. 陈确《不乱说》赏析　　　　　　　091

>>> 职场

1. 业无高卑志当坚　　　　　　　097
2. 艺由己立，名自人成　　　　　　100
3. 为人处世当"守政"　　　　　　103
4. 不为轩冕肆志，不为穷约趋俗　　106
5. 容人之过是明智之举　　　　　　109
6. 墨守成规不叫守规矩　　　　　　112
7. 莫以地位论人品　　　　　　　　115
8. 以民为本，不尚空谈　　　　　　118
9. 安分耐穷乃做人为官良策　　　　121
10. 言贵于当　　　　　　　　　　124
11. 急躁的毛病要改　　　　　　　128
12. 正确对待他人之过　　　　　　131
13. 李方膺胸怀苍生为官　　　　　134

>>> 治家

1. 治家必须立本	141
2. 不慕"五色"方能白头偕老	144
3. 孝之养心重于养身	147
4. 顺适年高人之意是为孝	149
5. 古人的孝之标准	152
6. 生死维持手足情	155
7. 齐家的关键是忍让	158
8. 做有品位的洁净人	161
9. 丰岁须为歉岁忧	163
10. 从范仲淹欲烧嫁妆说起	166
11. 许汝霖婚嫁观思辨	169
12. 俭朴文明办丧礼	172
13. 传承良好家风是最诚的祭祀	175

>>> 家教

1. 家颐教子的启示	181
2. 爱之有度，教之有道	184
3. 培养枝干最为重要	187

4. 莫徇亲情失大义 190
5. 读书到底有多重要 193
6. 读书是一场苦旅 195
7. 求学如挑担 198
8. 做一个"柴在家里"的人 200
9. 且看古人如何看待考学 203
10. 把名人逸事说与后人听 205
11. 郑燮家教观的现实意义 208
12. 纪晓岚教子"八则"浅谈 211
13. 世故人情皆为学问 213
14. 教养的根基在于家庭 216

>>> 养生

1. 致寿之道从心始 221
2. 养生要务食与眠 224
3. 莫要想来疾病 227
4. 养生若牧羊 230
5. 读书可养身心 232
6. 养气御百病 234
7. 小有雅好养身怡性 237

8. 除却"六害"延年益寿 239
9. 莫让物欲绑架养生意志 242
10. 节俭足以养生 245
11. 养生即是养元气 248
12. 行五常，养五脏 251
13. 老年人须自知"夏至后" 254

修身

1. 做人要有一点儿车辙品质

唐宋八大家之一的苏洵在告诫儿子的家训中说道:车轮、车辐、车盖、车轸,对车来说都有重要的职能和功用,而设在车厢前供人扶手的横木即轼这个东西,似乎看来没什么用处。虽然如此,如果去掉轼,展现在我们面前的就不是一部完整的车子了。我真担心轼这般锋芒毕露而不注意掩饰会招来祸患。普天之下的车子,没有一部不留下车轮碾过的痕迹,这就是辙。可是,人们讲车子的功用时,却从来没有车辙的份。虽然如此,如果一旦车翻马死,任何别的部件都可能损坏,祸患却不会波及到车辙。这个辙善于在祸福之间自处,就是因为懂得避祸趋福之道啊!

苏洵用解析一部车子功能的方式,授与儿子避祸趋福之道,这个道理的核心,便是做人要低调。

作为封建社会的一名士大夫,苏洵洞悉当时的社会环境,深谙做人处世哲理,他的说辞虽然有一定的悲观消极成分,但做人低调的道德取向应该肯定,从某种意义上讲,车辙品质是中华民族优良道德传统的重要内容。

读罢苏洵车辙说,我想起了爷爷"人'大'了不值钱"的训导。

爷爷行医半个多世纪,但他最早的职业并不是医生。爷爷念完私塾以后也当了私塾先生，因为离家远，收入低，养不了家，糊口也难，就自学了中医。头几年，来诊所看病的人很少。爷爷很聪明，又肯下功夫钻研，逐步在实践中积累了一些经验，医术不断提高，请爷爷看病的人慢慢多起来。

爷爷医德好是出了名的，待人和蔼看病认真自不必说，遇到病人没带钱或者钱不够，总是先看病再说，记得家里有几个大本子，封面上写着《德全堂老账》，有些人的药费一直没有划掉，大概就是没收上来的了。

爷爷的行医生涯是从离我们家不远的一个大村子开始的，而后到中心诊所上班，最后的几十年在县医院分院。老人家高龄以后，单位领导照顾他，让他回家生活，看病的人也到我家就诊。遇到病人身体虚弱或者病势沉重，人们就会推着独轮小车接送爷爷出诊，一来显得有礼貌，二来走得也快些。但是爷爷从家门口到村口这百多米路，是绝不坐车的，出诊时走到村外上车，回来时在村头下车。

这事开始我没注意，后来听老少爷们议论，才发现确实是那么回事，不过当时我并没有往深处想，而后慢慢理解了这其中的含义。

爷爷走着进村，就是把自己当作一个普普通通的村里人，不认为当医生给乡亲们帮了忙就应该有优越感。

"骡大马大值钱，人'大'了不值钱。"说起这事，爷爷这样告诫我们兄弟姐妹。

"人'大'了不值钱"与苏洵车辙论异曲同工，不谋而合。

爷爷故去近四十年了，但爷爷的话却在时时提醒着我。每当骑着自行车回老家的时候，我总在村头下车；后来坐车或者开车回去，我也是停下车和遇到的乡亲招呼几句，就那么停停说说，慢慢走回家去。

当然，尊重他人，低调做人，不仅仅在我回老家的时候，这种低调做人的行为风格，已经沧桑岁月的熔炼，成为我道德品质的组成部分。

　　实践证明，低调做人不至于无谓招惹是非，相应地避祸趋福；低调做人能够方便地融于大众，必要时更容易得到他人帮助；低调做人更利于洞察自身不足，促进自省、自重、自强，升华自己的精神境界。

　　车辙，很低调。做人真的需要有一点儿车辙品质。

2. 分外之利不可妄求

前些年从妹妹家移来一株玻璃海棠，时日不久便蓬勃开来，渐渐地又分移若干盆，有亲戚朋友喜欢就任意搬一盆走，倒也赚了不少人情。

养花的事多是老伴操劳，不过偶尔兴致来了，我也会对着落地窗前的大盆小盆点评一番，而其中得到褒奖最多的便是这玻璃海棠。

玻璃海棠好养得很，什么水、肥、光照、温度、湿度都不讲究。如果折一枝插进水瓶中，不多几日便有根须生出，栽进盆里极易成活。别看玻璃海棠出身像穷人家孩子，可容貌不输大家闺秀：躯干亭亭，自有几分秀气；叶面浓绿，背面却红晕如霞；那花儿像粉色灯笼，一串未衰一串又开，几大盆排列成行，别是一番景致。

一日，观赏之余我突发奇想，如果让玻璃海棠像爬山虎一样覆盖整个窗户，该是多么壮观！

说干就干，窗框粘上挂钩，扯起拉线，静待海棠花开。

等啊等，一天又一天，眼瞅着玻璃海棠慢慢伸枝长蔓，渐渐一米多高，且也有新叶吐绿，可是唯独不见花骨朵，而且下半部分原先好看的花朵凋零，叶子也逐渐变得枯黄，这哪里是什么壮观啊，分明一派惨淡景象！

我忽然明白了，这玻璃海棠新陈代谢旺盛，看似长势喜人，但并非无限制按比例放大，一旦超过正常高度，应该衰败的提了速，新的生长点萎靡不振，看来我的设想是强其所难啊！

天生万物，都赋予其特定的性质，倘若违背客观规律，怎么能不失败呢！广而言之，人物一理，做人也不能心存非分之想，妄求分外之利。

做人如此，处世如此，为官也如此。

清康熙年间进士张英在《聪训斋语》书中说："人生适意之事有三：曰贵、曰富、曰多子孙。然是三者，善处之则为福，不善处之则足为累，至为累而求所谓福者，不可见矣。"

古往今来，很多人谋求高官厚禄、荣华富贵、多子多孙，人之常情嘛，这本没有错，但是，这种适意之事是有定数的，这个定数就是所得与能力及付出相匹配，甚至还有机遇的因素，假如处理得好便是幸福，处理不好便是祸根。

张英在分析了人们妄求适意的害处之后，说不明白这些道理的人，往往心胸偏颇见识狭窄，其结果也就事与愿违，必然深受其苦。如果能够冷静体会这些道理，在纷纷扰扰之中保持明亮宽阔的心境，那就犹如在火坑中吃了清凉剂，在苦海波中拥有一架到达彼岸的八宝筏。

纵观现代社会，有些人为了向上爬，千方百计买官卖官；为了一夜暴富，不择手段巧取豪夺，什么伦理道德，什么党纪国法，全然置之脑后。一旦权钱到手，则为官不廉、为富不仁，无法无天，腐化堕落，再不闻百姓疾苦，不顾礼纪纲常，不管社会影响。这样的适意，取之无道，用之无德，如此分外之利自然不能长久，反受其累也在情理之中，从而为张英所说"不可见"作了进一步的验证和诠释。

养花失策不是什么大事，本来就是试养，重新修剪一番也就是了，过不了多久又是花红叶绿。人生可没有彩排，走不得回头路，只有及早明白一些道理，遵循社会生存法则，才能少走弯路、不走绝路。

分外之利不可妄求，这道理，一定记牢。

3. 清白是最宝贵的人生财富

近些年，有几位曾在本地工作过的政府官员相继落马，看着这些昔日的领导干部锒铛入狱，受到法律的制裁，真是感慨万千。参加工作几十年，他们也曾经为建设有中国特色的社会主义做出过贡献，最终却辜负了党和人民的期望，名节不保，给社会、给家庭带来无法挽回的损失，成为历史的罪人。惋惜之余，细析其为官不廉之失足根源，不外乎贪财。因为贪财，所以枉法；因为枉法，所以贪财。

一个贪字，害了多少人。

全国解放前夕，毛泽东主席告诫全党领导干部要提防糖衣炮弹的袭击，务必继续保持艰苦奋斗的作风；建国之初，又亲自批示了对刘青山、张子善贪污罪行的死刑判决，用一个杀头大案，教育了一代人，可谓用心良苦。

几十年来，我党涌现出很多廉洁奉公的好党员、好干部，其中，县委书记的好榜样焦裕禄，优秀领导干部孔繁森便是最杰出的代表。他们不但为人民的事业呕心沥血、鞠躬尽瘁，而且舍小家顾大家，两袖清风，一身正气，真正体现了共产党人全心全意为人民服务的宗旨。

这种克勤克俭的做人为官之道，与中华民族优良道德传统一脉相承。

著名南宋爱国诗人陆游,在家训中告诫儿子,为官不能有贪心,为民也不能有贪心。他官至宝章阁待制,却在七十六岁时因为家贫被迫卖掉常用的酒杯,仍教育儿子子龙去吉州任职要清廉自省,"一钱亦分明"。"丈夫穷空其自分,饿死吾肩未尝胁",贫贱不能移的硬骨头精神至今读来依然掷地有声。

作为平常人,我们不能跟圣贤相提并论,但是,这种戒贪的精神同样值得传承和弘扬。

我八岁那年六月,正是生活困难年代最青黄不接的季节,就因为抓了生产队的一把麦穗,受到了爷爷的严厉批评。我是家中长孙,爷爷向来是最疼爱我的,但当时爷爷严厉的训斥简直把我吓坏了。后来爷爷缓和了口气教育我:"别人家的东西不能要,生产队的东西也不能拿,不是咱的咱不稀罕。"多少年来,我念完小学念中学,后来参了军,走上工作岗位,一年又一年,我始终没有忘记那把麦穗,没有忘记爷爷那句话:"不是咱的咱不稀罕。"

二十多年前,由于工作上的原因,我得罪了个别人,一时间匿名信满天飞,为了澄清问题,政法机关对我的所谓经济问题进行调查,结果自然不言自明。当时虽然也有些委屈,但是我心底坦然。

爷爷的话让我受益匪浅。

隋唐临淄人房彦谦为官多年,他说:"人皆因禄富,我独以官贫,所遗子孙,在于清白耳。"而他的儿子房玄龄恪守父亲的教诲,继承了父亲的清白,虽位至中书令、尚书左仆射、梁国公,也曾综理朝政,仍然小心谨慎,克己奉公,像父亲一样留得清白名声,最终成为一代名臣。

如果把清白拆开来从处世做人角度分析,所谓清,就是不沾不贪,所谓白，就是纯洁无瑕。

在一定的社会环境中，清白的人或许不是物质上的富翁，因而人们常常把清白和贫穷联系在一起，其实，这仅仅是事物的一个方面，如果换个角度，从另一种意义上讲，它的价值超过真金白银，就如房彦谦留给后人的清白贵为无价之宝。

市场经济的大潮波涛汹涌，光怪陆离的大千世界充满诱惑。无数的事实证明，生活在这个世界上，不可能没有物质追求，而在物质诱惑面前保持人格的清白更为重要，清白是更为宝贵的人生财富。

为官如此，为民也如此。

4. 学古人,为不贪找找理由

古往今来,无论怎样的岁月轮回、朝代更迭,总有人因为贪腐葬送前程甚至丢掉性命,也总有人等到东窗事发不可收拾之际方才大梦初醒,然而已经悔之晚矣。

其实,贪腐这种龌龊的东西不是社会的主流,中华民族向来有清廉俭朴的优良传统,中国历史上出现了很多淡泊名利不贪不腐的名人志士,他们清白做人的故事时代流传,其中南宋四大家之一的进士陆游便是其中的杰出代表。

陆游,字务观,号放翁,宋越川山阴人。宋高宗绍兴年间应礼部试,为奸相秦桧所黜。宋孝宗即位,赐进士出身。官至宝章阁待制。陆游既是伟大的爱国诗人,又是清廉勤政的朝廷命官,一生主张抗击金国侵略收复失地,爱国之志始终不渝。他的诗清新圆润,格调恢弘。而他不贪不沾洁身自好的品质也为世人敬仰。陆游写下了很多脍炙人口的诗文,其中多篇为教育后代清白做人的家训。他曾经告诫儿子,为官不能有贪心,为民也不能有贪心,教育儿子子龙去吉州任职要清廉自省,"一钱亦分明"。"丈夫穷空其自分,饿死吾肩未尝胁",贫贱不能移的硬骨头精神至今读来依然掷地有声。

说到贪心,《放翁家训》有一段耐人寻味的话:世之贪夫,溪壑无餍,故不足责。至若常人之情,见他人服玩,不能不动,亦是一病。大抵人情慕其所无,厌其所有。但念此物若我有之,竟亦何用?使人歆羡,于我何补?如是思之,贪求自息。若夫天性澹然,或学问已到者,固无待此也!

在这篇家训中,陆游指明了贪或者不贪,首先是品性的体现。世上那些贪婪的人,欲壑难填,永远难得满足,而那些天性淡泊或者饱学之士,自然洁身自好,这都不足为怪。其中蕴含的意义,按我们现在的话来说,就是要想不做贪腐之人,就必须加强世界观改造,升华精神境界,才能淡薄名利,不至于失足而成千古恨。

至于一般人,陆游说,看到别人的华美艳服和珍奇的玩赏物品就动心,也是一种毛病。进而分析道,大凡人们的常情都是羡慕自己没有的东西,不满足自己已有的东西。

怎样戒除贪念,陆游开出的处方是两个想一想:一是想一想如果我有这物品,究竟又有什么用处?二是想一想拥有了这些东西,纵然让人羡慕,对我又有什么益处?陆游说,如果真的这么去想,贪婪之心自然就消失了。

陆游的话很有道理,人生在世固然离不开财富做生存的物质基础,但是超出了必需而贪得无厌,或者仅仅出于炫富的心理,实在没有实际意义。不是吗?广厦千间,安眠不过一床;良田万顷,斤粮足以饱腹。看到别人有什么、看到什么最时髦,就一味追求什么,其实活得很累,完全体会不到知足常乐的情趣。

社会发展,人类进步,古人尚且懂得戒贪道理,我们不妨也为不贪找找理由。比方说,贪心太重,最容易杂念丛生,常常由此生出妒忌、愁苦、争执之心,因而消减了内心的满足、平安和喜乐之感,而这一些比金银财富更为宝贵。比方说，贪欲过盛，最容易利令智昏，做出违反人伦道德、违法犯罪的行为，甚至沦落万劫不复的深渊，最终给自己和家庭带来无可挽回的祸患。比方说，业界人士贪心，难免以假冒伪劣欺世敛财，损害社会公众的普遍利益。比方说，公职人员贪心，极易滋生腐败，难免出现权钱交易，社会就多了一些不公正不和谐，抹黑政府执政形象，增加社会不稳定因素，严重时甚至给敌对势力以可乘之机，最终祸害到百姓、社会、国家……

懂一些道理是戒贪的基础，但与依理而行还有很大差距，不贪最为关键的是品德修养，学学中华民族优良传统，学学仁人志士的高风亮节，涵养善念，根除私心，涤荡贪欲，做陆游所说的饱学之士，从而达到天性淡泊的境界，面对花花世界的诱惑心不动、志不摇，如此拒腐蚀，永不沾，方能成为一个无愧于人生、有益于人民、有益于国家民族的人。

5. 常怀悔心，日见长进

人非神仙异类，品德才识多是学而知之的，这个学的过程往往包含对过去无知、失误的反思，也即袁采所说的悔心。

袁采，宋孝宗年间进士，官至监登闻鼓院。袁采博学多才，为官刚正勤勉，著有《政和杂志》《县令小录》和《世范》三书，以治家格言之作《袁氏世范》最受世人推崇。悔心为善是《袁氏世范》卷二"处己"修身齐家理论中的重要观点。

袁采所说的悔心不是通常意义上的后悔，而是论语中的省身，也即我们所说的反思。悔心悔什么？袁采说"往事之非""前言之失""往年之未有知识"，如果经常这样反思，德才的进步会日见长进，然而许多人是不懂这个道理的。

能够悔心是提高品德修养、升华精神境界的有效途径。悔心便是检讨自己的不足、失误和错误，从某种意义上说还包含对自己的一些否定。悔心不仅仅是心里想想、嘴上说说，而是全面而深刻的思想改造过程，悔心越深，受益越大，轻描淡写是不行的，必须付出一定的代价，某些时候要舍弃名、利、情诸方面的既得利益，甚至承受精神上的痛苦，非此不能到达成功的彼岸，更不可能攀登到光辉的顶点。

袁采说"常悔"，这个"常"至关重要。反思不足，改造思想，恰如逆水行舟，不进则退。悔心不能偶尔为之，必须成为常态。既然"常"，就是时时、处处，既是及时的，也是长期的，不是一次两次，不是一天两天，而是持之以恒。

袁采说："古人谓行年六十，而知五十九之非也。"随着时间的推移，人们的智慧才能都会有所提高，也就是说，每一次悔心就是一次进步。

常怀悔心是成大事者的大智慧，立足高处，看到远处，能够坚决摒弃固执己见的坏毛病，更不会明知道错了还不予悔改。曾子每日三省己身，把检讨不足、端正处世品行当作基本德性，最终修成一代名儒、著名的思想家。其他诸如"司马光警枕励志""万斯同闭门苦读""唐伯虎潜心学画""叶天士拜师谦学""王献之戒骄习字"等等，皆因常怀悔心而修身有成，为世人做出了榜样。

不要以为悔心只是名人大家的事，对我们普通人来说，常怀悔心也是受益无穷。

解放前我的祖父是医生，因为他的勤劳，我家的日子有了起色，慢慢地盖了房还添了地。土改那年一个冬日的上午，祖父被请进村公所，农救会的人们要和祖父商讨"献地"的事情。祖父很痛快地献出一处房宅和村后八分田，但是，农救会对村后的八分田不感兴趣，他们希望祖父献出村前更为肥沃的八分田，就在村前还是村后的问题上，祖父和他们产生了分歧。也许想起田地来之不易，也许担心一家人的口粮不足，祖父舍不得村前的八分田。情急之下，祖父说："看看是谁逼我"，然后拿笔记下了参加商讨人员名单。下午，商讨完全出乎人们的预料，祖父不但很爽快地答应献出村前八分田，而且把村后八分田一起献了出来，同时，祖父还似乎不经意间从衣兜里掏出了记着名单的那张纸，当着众人的面一火焚之。献地之后，我家还有三亩二分地，被划为中农。之后家庭成分的影响持续了接近半个世纪，祖父献地的意义不言而喻，我们家平平安安地经历了土地改革、农业合作化、人民公社化和"文化大革命"运动。

我想，那个中午，祖父一定经过近乎严酷的悔心才决定了取舍，而历史也证明了祖父的抉择非常正确。当然，祖父并不仅在这一件事上展现出睿智与胸怀，他在行医生涯、日常生活中都表现出他的善良、谦和及聪明。

常怀悔心是一种境界，是一种情操，也是一种自律，只有愿意改造、完善自己的人才能勇于悔心、善于悔心，也从而达到日见长进的目的。

6. 邂逅一位知足常乐的典范

古往今来，人们常常以知足常乐为宗旨调整心态，而通常人们把知足常乐仅仅理解为知道满足总是快乐的，这样的理解不能说错，但还是比较肤浅。近来品读古人关于知足常乐的论述，对知足常乐有了进一步的认识。

道家学派创始人老子说："祸莫大于不知足，咎莫大于欲得，故知足之足常足矣。"至圣先师孔子说："知止而后有定。"思想家墨子说："知止，则日进无疆。"曹魏哲学家王弼说："天下有道，知足知止，无求于外，各修其内而已。"隋朝教育家王通说："大智知止，小智唯谋。"这些古人告诉我们，知足常乐的内涵是在认知事物发展规律的基础上克服贪欲，从而获得长久的平安、富足和快乐，强调能不能知足常乐，关系福祸所依，维系功败垂成，把知足常乐上升到人生大智、天下大道的高度，这显然已经不是日常心情那么简单。

其实，作为常人，能够把知足常乐当成一种心态，有满足感、幸福感，保持心理平衡，规避不必要的麻烦，也很说得过去。

怎么才能做到知足常乐？唐末五代著名文人杜光庭说："贪之与足，皆出于心。心足则物常有余，心贪则物不足。贪者，虽四海万乘之广，尚欲旁求；足者，虽一箪环堵之资，不忘其乐。"宋朝进士田况说：

"俭则常足,常足则乐而得美名,祸咎远矣,侈则常不足,常不足则忧而得訾恶,福亦远矣。"意思是加强品德修养,戒除贪心,崇尚俭朴,便能达到知足常乐的境界。而在身体力行方面,白居易称得上是世人楷模。

白居易,字乐天,陕西人,唐德宗贞元年间进士,历任朝廷重臣,在文学上是继李白、杜甫之后又一位大诗人。白居易关于知足常乐的家训,被收集于《白香山集》。白居易从理论和实践的结合上,生动地诠释了什么是真正的知足常乐,为世人做出了榜样。

白居易说:"人老多病苦,我今幸无疾。人老多忧虑,我今婚嫁毕。心安不移转,身泰无牵率。"他说,人老了,所需不多:一件皮衣服就可以温暖地过冬,一顿饭吃过,整天不饿。不要说自家宅舍小,晚上也不过睡一间房。哪里用得着很多鞍马,一个人又不用骑两匹。他还说,如我这样幸运的好身体,十个人中可能就有七个,但是像我一样有知足心态的,一百个人中没有一个,包括圣贤之人在内,真正做到知足常乐是不容易的。

白居易的知足,来源于安于俭朴、心无贪欲,这确属难能可贵。但是,真正的知足,并不代表安于现状不再进取。现实生活中,也确实有些人把知足常乐当作懒惰的挡箭牌,本来应做、能做的事情也不做了,这其实是惰性的反映,是一种颓废、消极的生活态度。而白居易的知足常乐非常阳光、非常积极,他说:"世欺不识字,我忝攻文笔。世欺不得官,我忝居官秩。"自我反思盛名之下其实难副,表达了他低调、谦虚的生活态度和不断进取的精神境界。

一方面是生活上淡薄名利的知足,一方面是事业上永无止境的追求,白居易把知足常乐解释得明明白白。他是这样说的,也是这样做的,他一辈子勤于笔耕,直到临终前一年,仍在整理自己的诗文,撰写《白氏长庆集后记》。作为封建社会的士大夫和文学巨匠,白居易的行为足以让人肃然起敬。

知足常乐,白居易为我们做出了榜样。读古人之训,能够邂逅这样一位典范,从中明白一些事理,也不枉翻书一回。

7. 于细节处看修养

公交车到站点，尽管下去几个人，车上依然满员。一位约六十岁的老汉上车后，我前排一位年轻的姑娘主动为老人让座，老汉一屁股坐下，啥话没说，我心里想，这老汉欠姑娘一声谢谢啊！下一站点到了，与老汉挨坐在一起的人下车，老汉迅速将提兜放到身边的座位上。一会儿一位年轻的妈妈带着看上去三岁左右的孩子上车，在刚刚启动后还有些颠簸的车子通道中间跟跟跄跄，这时候我很希望老汉能快点把提兜拿起来为这对母子腾个地方，可是这老汉居然无动于衷，幸好后边有人招呼母女过去落座。

受惠于人一句道谢话没有，别人的困难又视而不见，老汉的表现让我心头泛起丝丝不快。

事不大，无关大是大非，不过是生活细节。

做人的学问往往通过细节表现出来，一句话、一个动作，足以反映一个人的修养。不要小看生活中的细节，宋代名人吕祖谦曾在家训《戒子通录》一文中专门对儿子的待人接物细节提出要求。

吕祖谦，字伯恭，浙江金华人，宋孝宗隆兴年间进士，官至著作郎兼国史院编修和实录院检讨。吕祖谦博学多识，为学主明理躬行，治经史以致用，反对空谈心性。他创建了婺学，与朱熹、张栻齐名，时称"东南三贤,鼎立为世师"。吕祖谦对子孙的教育十分重视,他叮嘱儿子待人接物不能忽略细节。

吕祖谦举例说,打开别人的私人书信,拆开别人的信物,实在是不道德的行为,甚至会因此结下仇怨。如果给别人带捎书信、物品,即便收主是至亲好友或者晚辈,也要尽快送去。别人委托你到某一个地方问询或者办事,要求不合理或者你无能为力,要坦诚地拒绝;如果答应了别人,那就把一切告诉别人,至于接受不接受,是他的事。别人的书信不要注目偷视,如果别人允许你看,事后也不要在别处说起信的内容。

吕祖谦说,凡是向别人借用书籍器具,如果想随便据为己有,那就不必借了。不想占为己有,也要比自己的东西还要爱惜。书籍看完,器具用毕,要立即归还人家,千万不要以借为名有意吞没。豪放的人多半对自己的东西不珍惜,但借别人的东西决不可以这样。如果做不到,那不是豪爽大方,而是不讲道德、没有教养的表现。

他还说,凡是与人同室而坐,夏天选择最凉爽的地方,冬天选择最温暖的地方;凡是与人同桌而食,自己多吃、先吃,也是不讲道德、没有教养的表现。

粗粗一看,吕祖谦的家训有点儿婆婆妈妈,似乎与治国治家的宏韬大略不沾边,可是仔细想想,这些看起来零零碎碎的事情,却是日常生活中最可能遇到的实际问题,处理得好人际关系便和谐,处理得不好,会造成别人的损失,甚至引发矛盾和祸端,其中的利害关系明明白白,所以说吕祖谦把这些小事情上升到修养、品德和智慧的高度,很有道理,十分必要。

记得一个冬日的晚上,我借取报纸之机在传达室与几个朋友聊天,一个人"咚"的一声撞开门，自顾去翻看自己的报纸，任凭北风灌进传达室，有一个朋友说了句不满意的话，结果争执起来，差点引发斗殴。一个很微小的动作，把一个人的修养、德行暴露无遗。

　　作为普通人，不排除一生中有成就轰轰烈烈大事业的可能，但更多组成生命轨迹的却是无数的生活细节。正是这些细节，反映了一个人品德修养，不注重细节，甚至会功败垂成。

　　讲道德、有修养是良好人际关系的基础，良好的人际关系是社会文明和谐的组成部分，而品德修养不是一朝一夕的事，要靠长期的历练养成。为了社会的文明和谐，一定要从细节处着手，言谈举止之际，多一些换位思考，想想他人感受，想想社会效果，把小事情做好，如此，便是一个有修养的人。

8. 身处患难须自得

人生难得有平坦的路可走，免不了有一些坎坷，或者由于处事方式的不当，或者由于能力的不足，也或者没有任何自身过错，却遭遇到挫折甚至磨难，身处患难该怎样应对，往往是人生道路的艰难选择。

明万历年间举人孙奇逢认为，风波之有，在所难免，关键在于如何正确处之。孙奇逢在家训中说："风波之来，固有不幸，然先要论有愧无愧。如果无愧，何难坦衷当之。"他分析说，这个世界上，如果骨头太脆弱，胆子太小，那一天都站不住脚。你们从来没有经历过世面，要做个好男子，必须经受磨炼。在忧患中生存，在安乐中死去，这是千古不变的道理。轻率、放纵是不行的，一味地忧愁烦闷，对事情又有什么帮助呢？危险环境中有度过危险的办法，自得这两个字，正好在这个时候加以理解。

困境之中的确有多种选择，有的人意志消沉一蹶不振，有的人自暴自弃颓废堕落，有的人来则安之坦然承受，有的人反而逆流而上，于挫折、患难、困境中修身养性、韬光养晦，最终干出一番大事业。我国历史上这样的贤达名士众多，如我们熟知的周文王被拘推《周易》；孔子厄而作《春秋》；左丘明失明厥有《国语》；越王勾践卧薪尝胆；屈原放逐乃赋《离骚》；不韦迁蜀世传《吕览》；韩非囚秦，作成《说难》《孤愤》；司马迁遭宫刑写《史记》等等，都是身处患难而自得的典范。

当然以上列举都是历史名人，"天将降大任于是人也，必先苦其心志，劳其筋骨，饿其体肤，空乏其身，行拂乱其所为，所以动心忍性，曾益其所不能。"历经大难而后成就大业，就是我们常人，也应该把挫折当成历练，经受住严峻考验。

三十多年前我在某政府要害部门工作，身处地方政治经济活动中心，工作量特别大，加班加点成为常态，每年不过休息三五天，尤其上下左右的应付和对本单位的管理，使我长期处于超负荷状态。就在这样的情况下，由于我处置经验不足，个别领导和下属工作人员因个人利益得不到满足对我产生怨恨，先是诬陷我组织非法选举，离间我与新任主要领导的关系，继而无中生有编造谎言，写匿名信向上级机关、司法部门检举我的所谓经济问题。我不但被调离了要害部门，还多次接受司法机关的调查，这还不算，他们还在我重病之际打匿名电话谎报家中父母噩耗，进行多方面的精神摧残。看我蒙受不白之冤，有很多领导、同事、朋友劝慰我要相信组织，相信终会水落石出，我只是淡淡地说我更相信自己。一场磨难变成了宝贵的精神财富，由此警钟长鸣，我反思工作方式上的不足，更加严格地约束自己言行，纪律意识、法规观念更强，之后的工作也愈加顺利。

我不敢说自己已经达到了孙奇逢所说的自得，但说比较妥善地处理了这一场患难并不为过。社会生活本来充满矛盾，躲是躲不开的，既然心中无愧，那就不必怕、不必气、不必恨，更不必颓唐消沉，淡然处之，走自己的路是最好的选择。

于我来说，年近古稀，已经退出了社会生活的主流，生命之舟不可能再逢波澜。但是，有更多的人行进在社会生活主干道上，或者一帆风顺，也或者坎坷曲折，无论如何，明白孙奇逢患难之中须自得的道理，是很有裨益的。

9. 许汝霖家宴有规

读古人之训,居然看到许汝霖关于禁止大吃大喝的家规。

许汝霖,字时庵,浙江海宁人,清康熙年间进士。先后任江南学政、工部右侍郎、礼部左侍郎、右侍郎、尚书。许汝霖为官三十年,清正廉明,政绩丰厚。曾奉旨到各地为官施政,所到之处,大刀阔斧,弊革绩显、勤勤恳恳、官民钦佩。许汝霖告老还乡时康熙皇帝御赐亲书"清慎勤"匾额予以嘉奖,许汝霖在告老还乡途中,有感于当时社会人情不古、日用纷华、事多违礼,于是撰《德星堂家订》,以教育子孙后代宁俭勿奢,教化民众移风易俗,家宴篇是其中内容之一。

许汝霖在说明饮酒与宴会的意义时说:"酒是用来欢聚时喝的,怎能容忍扰乱德行,宴会是用来相互协调道德规范的,难道是供人夸夸其谈的场所吗?"

许汝霖列举了当时奢侈腐败及大吃大喝的一些现象和危害,他说:"风俗日益衰败,奢侈更加严重。酒具是大瓦器和古瓷器,追求豪华富丽;菜是山珍海味,更加新奇。设置一桌酒席,耗费了中产之家一年的收入;一天的需要,使得人家酒壶空了一大半。这不只是糟蹋了食物,还甚至伤害了自己的身体。"

许汝霖曾与同事一起订立宴会规格:"比如宴请当权者,比如祝贺新婚，偶然举行宴会，菜只上十二种，除这以外，都只吃五簋，随后上菜八碟。鱼肉鸡鸭一类，属于本地产的，才摆到宴会桌上来。燕窝、鱼翅一类珍贵食物，一概禁绝。桃李、菱、藕一类，如有现成的才放到席上。四川、广东、福建、贵州的风味，全都要排除。如果客人要留宿，逗留几天，那么中午两碗饭菜一个汤，晚上三个菜加一斤酒。这样节省俭约，是何等方便安然。"

读许汝霖家宴规定，让人感慨良多。

许汝霖家宴规定文字不多，但道理阐述很到位。大吃大喝的危害，从政治层面讲，败坏社会风气；从物质层面讲，是对社会财富的浪费；而站在个人角度，无节制饮食会伤害身体，利害关系非常明了。

作为封建社会的高官，许汝霖针砭时弊，亲自为家宴制定规矩，禁止大吃大喝，杜绝奢侈浪费，体现了中华民族勤俭持家的美德，也从一个侧面说明许汝霖是一个品味高尚脱离低级趣味的人，就职场而言，许汝霖是一个廉洁自律的好官。

孟子说："不以规矩，不能成方圆。"借用如果不用圆规和曲尺便不能准确地画出方形和圆形的道理，说明规定、秩序的重要性。许汝霖制定家宴规定，让家人有章可循，为禁止大吃大喝提供了制度保障，这种严谨的作风是值得称道的。

我国改革开放以来，随着经济活动的活跃，曾经有一个时期大吃大喝之风比较盛行，社会影响非常恶劣，好在随着党廉政建设的强化，这种奢侈腐败现象得到有效遏制。但是，考虑到它存在的历史根源、社会根源、思想根源，要把这种不良行为彻底铲除，还需要党、政府、社会各界继续坚持不懈地努力，实现这个目标，许汝霖家宴规定应该是很好的借鉴。

10. 张英：律身训子四要则

读《聪训斋语》，深受启迪。《聪训斋语》是清代名臣、文学家张英教育子孙如何修身齐家的代表作。

张英，安徽桐城人，一六三七年出生，一七〇八年去世。字敦复，号乐圃。康熙六年考上进士，授编修官，历升至文华殿大学士兼礼部尚书。居官勤俭谨慎，对民生疾苦、四方水旱知无不言，深获皇上倚重。曾受命总裁《清一统志》《国史方略》《渊鉴类函》《政治典训》等书，其他许多典诰之文亦出其手。

张英一生饱读诗书，心境异常澄澈。辞官归隐后所作《聪训斋语》，以官宦仕途、为人处世等方面的亲身经历和切身体会，结合古圣时贤的言行事例，教导子孙如何持家、治国、读书、立身、做人、交友，用自己生活中所见、所闻、所思、所感的些微小事，解读深刻的人生哲理。

《聪训斋语》经后人整理为七篇二十一目，内容丰富，言简意赅，深入浅出，蕴意深邃。虽然涵盖广博，但总旨只有一个，那就是律身训子。

《聪训斋语》卷一中有一段话："予之立训，更无多言，止有四语：读书者不贱，守田者不饥，积德者不倾，择交者不败。尝将四语律身训子，亦不用烦言夥说矣。"读书、守田、积德、择友，律身训子四要则，足可以当成《聪训斋语》的中心思想。

张英解释说，虽然是贫寒穷苦的人，只要是能够读书作文，必然会受到别人的钦佩敬重，不敢稍微对他轻视。这样的人在品性方面也必定是温和的，做事一定不会颠倒错乱，不会计较功名之得失，有机遇也只是迟早的事。选择朋友、交际往来这一方面，我看到的和亲身经历过的，最为深切。那些阴险毒辣的人如毒酒入口，如蛇蚕人的皮肤，千万不可深交，一与他们交上朋友就很难脱身、无法挽救，更是这四个方面最重要的问题。

本段话虽然看似没有过多阐述守田、积德的意义，但是守田、积德是他一贯的思想。他说，谨守田产的方法，我已详述于《恒产琐言》。有关积德那一部分，古代儒家典籍《六经》《论语》《孟子》等书及诸史百家，无非都是阐发这一方面的内容，我就不必多说了。

张英律身训子四项要则，至今依然非常重要，只是需要我们赋予更新更深的意义。

读书的重要性，今天已经不仅仅事关个人修养、功名利禄。民族的文化素养关系到民族的振兴，站在世界与历史的高度审视，现代文化、科技、教育的成就与问题并存，还有众多课题需要关注，还需要个人、家庭、社会各个方面的共同努力。

张英身处农耕为主的封建社会，守田便是对农耕的重视，也是创造劳动价值的主要手段，守田的精神，我们也可以放大为事业心。现代社会创造财富、服务社会的手段多种多样，我们学习的就是事业心，无论从事何种职业，都应当兢兢业业，干一行爱一行，遵守职业道德，为建设社会主义物质文明贡献自己的力量。

至于积德，社会主义核心价值观提出了更高的要求。爱国、敬业、诚信、友善是新时期积德的体现，是公民个人层面的价值准则，也是社会主义精神文明建设的需要。我们今天学习古人之训，倡导积德，含义更广泛，意义更深远。

中华民族是有优秀文化传统、道德传统的民族，《聪训斋语》是张英留给子孙后代的精神财富，也是留给我们的宝贵遗产。《聪训斋语》文字精美，意趣高超，耐人寻味，而其中律身训子四项要则，是我们学习这一宝贵历史文献的纲要，尤其需要着重揣摩、领会。

11. 人生在世当立志

记得读小学六年级的时候，班主任老师问同学们有什么志向，同学们纷纷举手，有的说当老师教学生，有的说进工厂当工人，有的说开拖拉机耕地，还有的说当干部做大官……唯独我说不出有什么志向。

不是我拿老师的提问不当回事，也不是没动脑子，而是这个问题太大了，我一时想不出该怎么回答。

年近古稀，读古人之训，渐渐理清了思路。

立志，是指立下志愿，树定志向。在我国历史上，历代先贤对立志曾有很多的论述。汉光武帝刘秀说："有志者事竟成也。"三国时期杰出的政治家、军事家、蜀汉丞相诸葛亮说："非志无以成学。"北宋思想家、教育家、理学创始人之一张载说："人若志趣不远，心不在焉，虽学无成。"南宋著名思想家、教育家朱熹说："学者书不记，熟读可记；义不精，细思可精。惟有志不立，真是无著力处。"南宋思想家陆九渊说："无志则不能学，不学则不知道。故所以致道者在乎学，所以为学者在乎志。"明代思想家、军事家、心学集大成者王阳明说："诚以学不立志，如植木无根，生意将无从发端矣。自古及今有志而无成者则有之，未有无志而能有成者也。"这些名人的话都强调立志是基础、是根本，人若无志虽学无成，说明立志的重要性。

关于这一点，很少有人提出异议。

至于怎么样叫立志，怎么样才能立志，却往往理解有所不同。回想童年时同学们的答案，几乎一股脑儿地把追求从事什么职业当成了志向，尽管不能说错，但至少是狭隘的。

朱熹说："学者大要立志。所谓志者，不道将这些意气去盖他人，只是直截要学尧舜。"所谓立志，就是做一个道德高尚、对社会对民族有贡献的人，而不是像朱熹批判的那样，只是为了谋求个人利益贪图利禄，更不是为了出人头地。

在中国历史上，有很多立志成才、报效国家的名人。战国时期的苏秦，逆境之中，发愤用功，锥刺股，硬逼着自己读了许多书，增长了学识和才干，终于学有所成，干出了合纵抗秦的大事业。汉朝的司马迁，因触怒汉武帝，被投入监狱，又被施以腐刑，面对这样的不幸，他忍受屈辱，坚强地活下来，夜以继日地工作，一遍遍地修改写出来的书稿。经过大约十九年的勤奋工作，终于写了一部五十多万言的《史记》。宋朝的范仲淹，随母改嫁，忍饥挨饿，把孟子"天将降大任于是人也，必先苦其心志，劳其筋骨，饿其体肤，空乏其身，行拂乱其所为，所以动心忍性，曾益其所不能"这段话抄下来当作自己的座右铭，终于成为忧国忧民的好官、后人学习的好榜样。明朝末年的唐汝询，克服失明的痛苦，勤奋学习，努力创作，作了一千多首诗，成了一位有名的盲诗人。此外，陈平忍辱苦读书、葛洪砍柴买纸抄书、陆羽弃佛从文、宋濂冒雪求教、唐伯虎潜心学画、万斯同闭门苦读等等，都是"有志者事竟成"的典范。

这些名人有一个共同特点，就是胸怀大志，于逆境中成才。正所谓"古之立大事者，不惟有超世之才，亦必有坚忍不拔之志。"他们的经历，说明立志是一个艰苦的过程，需要自身刻苦地学习、改造、磨练乃至拼搏，绝不仅仅是心存某种愿望坐等成功。

战国末期杰出的思想家、哲学家和散文家韩非说："志之难也，不在胜人，在自胜。"指明了立志的境界在于胜过自己，而做到这一点，是非常困难的，也是最可贵的。而要战胜自己，需要高尚的思想境界、宽广的胸怀，畏难怕苦、自暴自弃的人是无从立志的。

社会发展到今天，实现中华民族伟大复兴梦想的号角已经吹响，作为社会的一员，应该遵从历史的召唤，坚定信念，立下宏伟壮志，以"饥思食、渴思饮"的姿态，勇猛坚决做好"佳养功夫"，做一个有道德、有理想的人，在自己的工作岗位上，忠于职守，兢兢业业，用实际行动献身于民族、献身于时代，书写人生历史的新篇章。

12. 有过则改善莫大焉

有过则改的道理我本来就懂，最近读古人之训有了更深刻的认识。

北宋哲学家、易学家邵雍在家训中说："有过不能改，知贤不得亲。虽生人世上，未得谓之人。"他说，善恶没有别的标准，就是在于有过能不能改，知贤肯不肯亲，是小人还是君子也可以在这中间区分开来。如果有过能改仍不失为君子，如果执迷不悟又时而反复，终会成为小人。良药有成效才会有利于把病治好，白玉没有斑点才称为稀世珍宝。欲成为有用之才，必须加以雕刻琢磨，有了过失为何不悔过自新呢？

人的一生是学而知之的，这个学包括从书本、从理论上学，通过读书明理，借鉴他人的知识，涵养品德、增长才智；也包括从社会实践中学，通过自己的切身感悟，吸取经验教训，逐步完善自己。有过则改便是一个人在生活历练中提高自身素质的过程。

三十年前，我两位同乡的孩子受别人教唆，偷拿了家里的钱出走，几天后花光钱才回来。应该说这两孩子初犯错误是一样的，但是，此后一个孩子接受教训，远离恶人，读书、就业、娶妻生子，过上了正常人生活；而另一个从此踏入泥潭，偷盗、抢劫、强奸，最后发展到杀人，未及而立之年便结束了人生旅途。

同样的遇人不淑、误入歧途，一个幡然悔悟，一个执迷不悟，前途命运截然不同，现实生活中这样的事例屡见不鲜。

有过则改，前提是知，也就是要知道自己有过。"人贵有自知之明"，所谓自知，不但要知道自己的长处、成就，更要能看到自己的短处，承认自己的弱点、缺点和错误。这需要通过学习提高自己，具备明辨是非的基本能力。还要有宽广胸怀，有容人之量，听得进批评意见，甚至主动"求医问药"。有则改之，无则加勉，尤其不能文过饰非，明明错了还想千方百计掩盖起来，如此讳疾忌医的结果只能是错上加错。

有过则改，关键在改。"人孰无过？过而能改，善莫大焉。""过而不改，是谓过矣。"犯错误并不可怕，可怕的是明明错了而不改正，这便真叫错误了。所以，敢于承认自己的过失和错误，并进行改正，这是一种勇气和美德，也是不断地完善自我、取得进步的阶梯。因此，古人将"迁善改过"提到了"修身、齐家、治国、平天下"的高度。

有过则改，必须要有改的动力，这个动力便是人生目标。倘若一个人的人生观出了问题，来到这个世上仅仅就是为了活着，没有前进方向，没有道德标准，甚至把人生目标定位于一己私利，那么即使知道自己有过，也很可能拒不改正。记得老舍先生在《四世同堂》中形容招弟的堕落，如同掉进猪圈不肯出来，这样知过拒改的人，便诚如邵雍所说"未得谓之人"。

我国古代有很多知错必改的故事。老将廉颇负荆请罪，演绎名垂千史的将相和佳话；唐太宗听信诤言相劝停修洛阳宫，体恤民情，开创大唐盛世；孔夫子采纳渔翁意见改诗，悟出"知之为知之，不知为不知"的大道理；孟子接受母亲批评，承认错误不再休妻，潜心修养终成大儒……

中国共产党带领人民在推翻帝国主义、封建主义、官僚资本主义三座大山和建设现代化社会主义的征程中，也曾经走过这样那样的弯路，但是，由于有唯物主义理论指导，有全心全意为人民服务的宗旨，共产党人不惧怕错误和挫折，勇于开展批评和自我批评，不断纠正思想路线错误，使革命事业从一个胜利走向另一个胜利。从某种意义上说，中国共产党是有错必改的典范。

有过则改善莫大，"最好的好人，都是犯过错误的过来人。"有过则改是一种胸怀、一种修养，为人处世就应该有过则改。为了这样的目的，还需要肯于学习，改造思想，提升精神境界，做一个有道德、有理想、有理智的明白人。

13. 惟读书可提升气质

　　清朝进士、大臣曾国藩精通学问，工于文章，且治家甚严，时以书信对儿子训示。他在同治元年四月二十四日写给儿子的信中说道："人之气质由于天生，本难改变，惟读书则可变化气质。"

　　其实，不惟古人，我们在日常生活中也常常言及气质，比如夸奖某某人很有气质、气质极佳等等。

　　那么，气质是什么？简而言之，气质是一个人特有的人格魅力在外部世界的反映，包括品德修养、知识含量、形体观感、处事风度、举止表现等诸多方面。可能表现为睿智、文雅、高洁、恬静、豪爽、得体、大度、洒脱、干练、沉稳、果敢等，给人以赏心悦目的感觉；也可能表现为粗俗、猥琐、肮脏、愚笨、固执、张扬、冒失、丑陋等，留给人不好的印象。一个人的气质是他人眼中的风景，也是社会给予的评价，决非自己标榜而来。

　　气质有些是天生的，但后天的培养也很重要，通过天长日久持之以恒地修养、历练，一个人的气质必定得到提升，而读书便是实现这一良性循环的有效途径，所以曾国藩说"惟读书则可变化气质"很有道理。

　　读书涵养人的道德品质。气质反映品行，讲道德、讲诚信、有理想、有爱心的人处世光明磊落，传递给外部世界的是阳刚之气、凛然正气、亲善和气；小肚鸡肠、灵魂肮脏的人免不了流露猥琐、伪善、骄横、造作，说不上有气质。古人非常重视教育子弟学习四书五经，从前人的智慧结晶中吸取营养，学习做人的道理，涵养品德。历史发展到现代，社会道德规范内容更丰富更健全，我们不但要传承中华民族优良道德传统，还要与时俱进，建设社会主义精神文明，我们要通过读书学习，美化内心世界，培养正气，做新时代的文明人。

如果说品德决定人的处世态度，那么知识含量则决定人的处事能力，而处事能力与气质息息相关。饱读诗书、知识渊博的人胸襟开阔，内心安然，不但适应能力强，处理问题果断、恰当，而且谈吐不俗，散发出生由内心世界的自信、聪明以及魅力、风度，所谓的"腹有诗书气自华"就是这个道理。"惟读书则可变化气质"，很大程度上就是为了丰富知识底蕴。

读书使人明了行为规范、礼仪规范。任何人不可能脱离社会生活，他对行为规范、礼仪规范的认知程度，在社会生活行为举止中展现出来就是气质，俗话说"站有站相坐有坐相"，如果基本的礼仪规范都不懂，还谈何气质？一个遵纪守法、待人接物彬彬有礼的人，首先是一个知书达理的人，一个有教养的人。自尊、自重、举止得体、行为文雅的人不是天生的，而是通过后天学习懂得这些规范，而后实践这些规范。

曾国藩训示儿子读书以变化气质，而他本人就是一位读书达人。曾国藩之所以能够成为清朝重臣、一代大儒，与他一生勤于读书、善于读书不无关系。曾国藩说："盖士人读书，第一要有志，第二要有识，第三要有恒。有志则断不为下流；有识则知学问无尽，不敢以一得自足,如河伯之观海,如井蛙之窥天,皆无识者也;有恒则断无不成之事。此三者缺一不可。"他的"读书之法包括'看、读、写、作'四者,每日不可缺一"的经验以及每天读书主敬、静坐、早起、读书不二、读史、谨言、养气、保身、日知其所无、月无忘其所能、作字、夜不出门的十二条规矩,时至今日仍有重要的借鉴意义。

曾国藩纵横宦海多年,尽显文韬武略,处事游刃有余,他的气质正是来源于学识。

君子善养浩然之气。历史发展了,虽说我们与曾国藩不是同一时代的人,但多读书、读好书,通过读书让自己变的更加完美,提升自身气质,同样具有非常重要的意义。

14. 若能慎独岂会踏入深渊

违章了,连续两次,在城区的一个交叉路口。主观上是不想违章的,可又确实违章了。这次违章,按照处罚意见上说是"没有按导向车道行驶",说具体了就是我从右转弯车道直行,这是违反交通管理法规的。仔细想想,以前也见过一些车这么走,我也偶尔这么走过,但所以没有被处罚,那是在没有电子眼拍照的路口,这次虽然我没发现电子眼监控,但监控已经存在了,只是我心存侥幸,结果撞到了枪口上。

交通法规是保证驾驶人员和他人生命财产安全的法律手段;监控是落实交通法规的必要措施,但是,外因是条件,内因是关键,作为驾车人,再多的监控,也不如严以律己绷紧法规之弦的好。推而广之,行车如做人,做人更当自律。人生在世,无论人前人后,不管有无监督,自觉遵守社会公德和法律法规,无疑是最正确的选择。

由此我联想到古人倡导的慎独。

慎独出自《礼记·大学》:"此谓诚于中,形于外,故君子必慎其独也。"其含义,东汉郑玄在注《中庸》时解释为"慎其家居之所为。"通常人们理解为,在独处无人注意时,无需他人监督,严格控制自己的欲望,行为依然谨慎不苟。

慎独是一种修为境界,能够慎独的人,表里如一,也即所谓的"诚于中，形于外"，所有的行为都是精神境界的真实反映，人前人后始终如一，有无监督毫无二致。如果拿我上述违章的事情对号入座，那就与慎独相去甚远了。

没有按导向车道行驶确实是个问题，但没有造成恶果，也就说不上是大事。相比较而言，同样由于缺乏慎独，近些年被揭露出来的那些腐败案件，其严重程度与一次简单的行车违章不可同日而语。一些不法之徒凭借自己手中的权力和地位贪财枉法谋取私利，其中有些人的卑鄙行径和疯狂程度给国家、人民造成的恶果到了令人震惊的地步。腐败分子走向犯罪深渊，根源是多方面的，但是不可否认，这些人缺乏慎独是不争的事实。

剖析腐败分子的犯罪轨迹，我们很清楚地看到这部分人不是不懂法，而是有纪不遵、有法不守，换句话说就是明知故犯。他们之所以胆敢在情欲、物欲的驱使下铤而走险，置党纪国法于不顾，就是自以为聪明，总认为那些所作所为见不得人的勾当，只有天知地知自知，所以人前一套、人后一套，说的一套、做的是另外一套，典型的不懂慎独、不愿慎独。岂不知天网恢恢疏而不漏，露出马脚是早晚的事。

我们也曾看到过一些窝案，有的地方出现塌方式腐败现象，这其中，确实有些人是自己意志不坚定，被关系网给网住了。市场经济大潮泥沙俱下，并且市场经济追求利润最大化的思潮不可避免地影响到社会各个领域，自古以来就存在的跑官要官、行贿受贿、权钱交易等等丑恶现象，遇有合适的气候便会滋生、蔓延、泛滥，一些公职人员正是倒在"盛情难却"陷阱之下，淹没在"法不责众"泥潭之中。经不住花花世界名、权、财、色的诱惑，自身不律致成自身不保，这是很多人违背慎独的后果。

从为政清廉方面说慎独,还有一点必须提及,那就是防微杜渐。"千里之堤溃于蚁穴",我们说"苍蝇""老虎"一起打,很多的"老虎"是从"苍蝇"蜕变而来的,即便是"苍蝇",也往往是从贪图一些蝇头小利开始被慢慢喂肥的。见微知著,积少成多,量变到质变,这既是唯物辩证法,又是很普通的道理。正所谓"莫以善小而不为,莫以恶小而为之",所以慎独也须从小事做起。

慎独还包括始终如一,不忘初心。不否认犯罪的公职人员中有的人本来就是品质不好的投机分子,不过也确实有些人在为政之初是有理想有追求甚至为国家、民族做出过贡献,但是随着身份地位变化以及生活环境的改变,忘却初心,做了权欲、金钱、美色的俘虏,成为人民的罪人。

一些腐败分子锒铛入狱之后,常常捶胸顿足、痛哭流涕以表达悔恨之心,真个是早知今日悔不当初,当初如若慎独,何来今日牢狱之灾?

能够慎独是修身养性的至高境界,慎独包含处事的态度与方法,但决不仅仅是处事的态度与方法。

古人有很多关于慎独的著述和研究,《大学》曰:"所谓诚其意者,毋自欺也。如恶恶臭,如好好色,此之谓自谦。故君子必慎其独也。""小人闲居为不善,无所不至。见君子而后厌然,掩其不善,而著其善。人之视己,如见其肺肝然,则何益矣。此谓诚于中,形于外。故君子必慎独也。"《中庸》云:"天命之谓性,率性之谓道,修道之谓教。道也者,不可须臾离也,可离非道也。是故君子戒慎乎其所不睹,恐惧乎其所不闻。莫见乎隐,莫显乎微。故君子慎其独也。"《礼记·礼器》说:"礼之以少为贵者,以其内心者也。德产之致也精微。观天下之物无可以称其德者,如此,则得不以少为贵乎?是故君子慎其独也。"

《尔雅》云："慎，诚也。"《荀子·不苟》篇："君子养心莫善于诚，致诚则无它事矣。惟仁之为守，惟义之为变化代兴，谓之天德。天不言而人推其高焉，地不言而人推其厚焉，四时不言而百姓期焉。……夫此顺命，以慎其独者也。善之为道者，不诚则不独，不独则不形，……夫诚者，君子之所守也，而政事之本也，唯所居以其类至。"明儒刘宗周更概括得好："圣贤千言万语说本体说工夫，总不离慎独二字，独即天命之性所藏精处，而慎独即尽性之学。""独之外别无本体，慎独之外别无功夫。"

古今明贤不但研究慎独、崇尚慎独，而且真正达到慎独境界者不乏其人。曾子曰"吾日三省吾身"；鲁迅说"我的确时时解剖别人，然而更多的和更无情的是解剖我自己"；爱国诗人陆游，恪守抵抗侵略、重振王朝的信念，早年"战死士所有，耻复守妻孥"，中年"报国计安出，灭胡心未休"，晚年"一闻战鼓意气生，犹解为国平燕赵"，一生恪守爱国的慎独心志，至死方休。

慎独是为人处世的法宝，也是刻苦修为的结果。学习古人的慎独精神，就应当在实践中不断加强自我道德修养，改造世界观，树立为国家、为民族、为人民的远大抱负，做一个胸怀坦荡之志、品行阳光磊落的人，任何时候、任何情况下始终不放纵、不越轨、不逾矩。一个人如果坚定不移向"慎独"的道德境界迈进，那么，他永远不会踏入人生道路的深渊。

15. 修身养性以防复生贫贱

《愿体集》是清代学者史搢臣所著教人修身处世的训书,清理学名臣陈宏谋评价《愿体集》:"饱谙世故,曲体人情。其言质直而透切,智愚易晓。此集流布十余年,有续刻,有增补,足知有益于世也。"

《愿体集》有段话说:"贫贱生勤俭,勤俭生富贵,富贵生骄奢,骄奢生淫佚,淫佚复生贫贱,此循环之情理。"这番话我们且称之为"复生贫贱论"。

史搢臣处在封建的农业社会,认识肯定有局限性,但是他的"复生贫贱论"不能说是必然规律,至少可以说有一定依据,因为贫贱、勤俭、富贵、骄奢、淫佚、贫贱之间确实有一定的因果关系。

没有人甘愿贫穷,穷则思变是亘古不变的道理,而天上不会掉馅饼,由贫穷走向富裕的唯一正确途径就是勤俭,"历览前贤国与家,成由勤俭破由奢。"一人、一家、一国,概莫能外。勤能创造价值,俭可积蓄财富,二者相辅相成,缺一不可。勤俭节约是中华民族传统美德,所以在中华文明史上,勤俭节约兴家兴业改变命运的佳话多不胜数。贫贱——勤俭——富贵,前因后果毫无疑义,这其中勤俭起了枢纽的作用。

当今社会生产力今非昔比,物质文明建设取得了史无前例的成就,人们的生活水平有了极大提高，贫贱的内涵发生巨大的变化，但是，贫贱——勤俭——富贵，这个道理还是适用的。同样，富贵——骄奢——淫佚——贫贱这样的道理也依然有借鉴意义。近些年来，有些曾经风光无限的贪官、有些腰缠万贯的富豪、还有些光环照耀的明星，躺在地位、荣誉、富贵的安乐椅上，不思进取，骄奢淫逸，甚至欲壑难填，最终走上违法犯罪的道路，身败名裂的下场岂是贫贱二字能够概括？

还有些被人们称为"官二代""富二代"的年轻人，享受着父辈拼搏换来的成果，过着养尊处优的生活，没有人生大目标，迷失奋斗方向，终日沉溺于寻欢作乐，不知哪一天就会闯祸，这样的人不是败家子又是什么？史摺臣说："祖宗富贵，自诗书中来，子孙享富贵，则弃诗书矣；祖宗家业，自勤俭中来，子孙享家业，则忘勤俭矣。此所以多衰门也。可不戒之？"我们所见现代社会一些败家子的行为，实实为史摺臣的话做了最好的诠释。

佛门主张惜福，认为惜福者受福，不惜福者受祸。说福之积存，节樽使用，细水长流，可以长久保有余福；不知节制，浪费挥霍，自然所余无多。而挥霍浪费、骄奢放逸，不仅是消耗福报，更造下无量恶业，必然要承受恶果。佛家这种惜福论与史摺臣"复生贫贱论"如出一辙，都是从社会生活实践中总结出来的道理。

如果说贫贱——勤俭——富贵是走上坡路，那么富贵——骄奢——淫佚——贫贱便是下坡路。很显然，走上坡路，勤俭是福源；走下坡路，骄奢、淫佚是祸根，而归根结底，无论勤俭还是骄奢、淫佚，都是人的主观行为，都是人心态、品德的体现，所以避免跌入贫贱泥潭最根本的办法是修身养性。

历史发展到今天，人们的物质与精神生活条件都得到显著改善，在享受社会发展成果的同时，我们身在福中要知福，切莫等到"井涸而后知水之可贵，体病而后知健康之可贵，兵燹而后知清平之可贵，失业而后知行业之可贵。凡一切幸福之事，均过去方知。"要通过思想的改造，提高精神境界，站在高处、看到远处，警钟长鸣。贫穷时，立志拼搏；"富贵时，意中不忘贫贱。"始终保持勤俭上进的本色，面对形形色色的诱惑矢志不渝，防止在富裕生活环境中滋生贪图安逸、追求享受的思想，不忘初心，斗志不减，从而保证自身不致陷入"复生贫贱"恶性循环，并努力为国家民族的伟大复兴做出贡献。

处世

1. 诚实守信乃成功之道

中华民族历来有诚实立身、守信处世的传统美德,关于诚信,古代大思想家、教育家多有著述。墨子说:"诚信者,天下之结也。"孟子说:"诚者,天之道也;思诚者,人之道也。"程颐说:"人无忠信,不可立于世。""以诚感人者,人亦诚而应。"晁说之说:"不信不立,不诚不行。"诸如此类经典名言,都说明诚信是社会人际关系的精神纽带,是天下行为准则的关键,反映了事物发展存在因果关系的客观规律。

所谓诚信,就要求真实、守信、遵循道德规范。诚信不但可以看作是一种品德、一种情操,也可以看作是一种智慧,很多时候,诚信关系名节声誉,甚至关系成败生死。

能不能诚信,往往面临利益冲突的选择,只有不计私利、宽宏大度的人,才能正确取舍。

我国历史上有很多诚信故事。譬如商鞅立木为信、曾参如诺杀猪、韩信厚报漂母、晏殊坦言获誉、孟信不卖病牛、尾生抱柱守诺、宋濂连夜抄书、季布诚信免祸等等,这些故事的主人公有达官名人,也有布衣平民,他们都是诚信的典范,为世人做出了榜样。

历史发展到新时期,诚信依然是重要的道德规范、行为准则,是社会主义核心价值观的重要内容。我们应该把诚信作为修身、立身之本，处世为人要诚实、诚恳，讲究信誉、信用，履行承诺，遵守约定，表里如一，言行一致，说到做到，在人与人之间建立起一种互相信任、互相尊重、和谐可靠的关系。

诚信既是个人修养的内容，又是社会道德建设的根本、文明和谐的基石。讲求诚信不是某一个人、哪一群人的事，而是全社会道德修养的课题，无论从政、务工还是经商、种田，存在于社会的任何人，都应该通过思想品质的修炼，占领诚信的道德制高点。

在我们现实生活中，诚信故事也多不胜举。

前些年我买了新车，听说小商品批发市场有家汽车装饰美容店刚刚开业，于是驱车赶去。店老板是一对年轻的夫妻，男主人姓王，老板娘姓李，两人看到顾客上门很高兴，耐心地为我介绍装饰业务和销售的商品，被他们的热情打动，我不但安装了倒车雷达、买了几样饰品、预订了座椅套，还约定请他们为我的汽车贴防晒膜。

几天之后，我再次来到装饰美容店，小夫妻俩便忙活开了。也许汽车贴膜本身就是技术活，夫妻俩很认真地测算，拿报纸剪了小样，又贴又熨忙活了多半天，其中前后挡风玻璃上的膜还重做了一遍，直到红日西斜才完工。

膜贴完了，夫妻俩却不怎么称心如意，指点着前挡风玻璃膜上的褶皱和气泡，左看右看，一副心有不甘的样子。汽车贴膜嘛，无非是遮挡太阳光，于是我安慰他们说："没啥，能挡太阳就可以了。"然后结过账回家。

又是几天之后，我接到小李的电话，要我抽空再去一次。这次应邀前去，夫妻俩又是一通忙活，重新为我贴了前挡风玻璃上的膜。看到他们这么真诚、细心，我便夸奖了他们几句，夫妻俩连连说："贴不好俺自己也感觉不过意呀！"

　　本以为贴膜的事情就这样完结了，可在两年之后，我又接到小王的电话，他说最近店里新聘了几名专业技术员工，要我再去换换前挡风玻璃上的膜。毕竟是经过专门培训，这次贴膜用时很短，质量却显而易见的好。

　　小王告诉我，如今小店的业务很红火了，但刚开张的时候，很多人信不过他们，商品销量小，来装饰的更少，像我这样不挑剔的人不是很多，所以他们夫妻俩一直忘不了。我明白，这是几年来我在他们店里买东西从来不需要讲价却一直得到优惠的原因。而我也常常把他们的店介绍给亲朋好友，宣传他们的热情，宣传他们的诚信，极尽可能帮助他们。

　　当初我请他们装饰汽车，并没有想到会成为他们的老主顾，但是他们为顾客认真负责的态度，却使我成为他们的回头客。

　　诚实守信乃成功之道，以诚实换得信任，成功也就在情理之中。

2. 懂得放弃方为智慧

几位本地战友约我一起到外地会战友,还特别提出,老李不喝酒,适合回来路上开车。

说真的,军营生活最值得怀念的就是战友情。十多年时间,政治学习、军事训练、制止武斗、抗涝救灾……在那些同甘共苦的日子里,战友们结下了兄弟般的革命友谊,退役之后各奔东西。尽管曾经有过与战友相聚的欣慰,但总感觉这样的欣慰太少,更何况天南海北的战友多着呢!

一帮本地战友解决酒后不能开车之难,二解思念外地战友之苦,一举两得的好事。可是,斟酌再三,我决定还是放弃这次机会,原因很简单,我怕身体承受不了长途开车的疲劳。

十年前拿到驾照之后,没少往外窜,济南跑马岭、青岛栈桥旁、东营黄河口……拉上老伴和孙女,开起车就走,一气跑上大半千里不在话下。可是作为老年人,十年时间身体情况变化很大,尽管驾照年审、体检照样过关,但是视力、体力都在衰退,跑个城区、短途毫无问题,再要像前些年放肆就有点不自量力。

孟子曰:"鱼,我所欲也,熊掌亦我所欲也;二者不可得兼,舍鱼而取熊掌者也。"与其战战兢兢远行,不如老老实实放弃。尽管非常向往战友聚会,但稳妥起见,我选择了放弃。

或许,我的放弃有点儿迫不得已,但广义而言,懂得放弃是一种人生智慧。

诚然,"只有经风雨才能见彩虹",在很多情况下,努力与坚持是通往成功的道路,没有拼搏便没有成功,但是,拼搏不是脱离实际、莽撞行事,不是明知得不偿失却依然固执己见做无谓的努力甚至牺牲。

放弃的内容包含若干方面,或者是既定目标的放弃,或者是实现目标方法的放弃,也或者是某种利益的放弃。

放弃必然有所失,而失与得是相对的、辩证的,一个方面的失去往往是另一个方面的获得。古人陶渊明放弃了富裕的生活,才会有"采菊东篱下,悠然见南山"的意境;李白放弃了尔虞我诈的宫廷生活,才会有"举杯邀明月,对影成三人"的清净;荆轲放弃了稳定安逸的生活,才会有"风萧萧兮易水寒,壮士一去兮不复返"的豪情……

懂得放弃、舍得放弃、善于放弃,体现了一个人精神品质的深内涵、高境界、大智慧。只有立身高层,才能不畏浮云遮望眼,看到远处的风景;只有胸怀大志,才能跳出小圈子,认清大格局;只有心底无私,才能淡泊名利、坦荡处世。

正确的放弃不是懒惰,不是逃避责任,不是不求上进,不是能所为而不为。某一目标的放弃,体现的是一种自知之明;某种方式、方法的放弃,是以退为进的聪明选择;某些个人利益的放弃,是更高层次的自尊、自爱。正确的放弃不是失败,而是失之东隅,收之桑榆。

古往今来,不懂放弃的人比比皆是:见木不见林者有之,不撞南墙不回头者有之,贪蝇头小利失却大义者有之……这其中的教训发人深省。

人生在世，当拼搏时须拼搏，拒绝庸庸碌碌明知能为而不为；该放弃时须放弃，拒绝鲁莽行事明知不可为而为之，做一个无愧无悔的明白人。

世事多坎坷，修行无止境，有一门功课叫作懂得放弃，懂得放弃方为智慧。

3. 请为问路人指点迷津

在医院取好药匆匆赶到公交车停车点，这个点恰好在小城的长途汽车站外，所以也常常有人下了长途客车在这里换乘市内公交。

等车的期间，我看到一个农民工模样的中年男人提着编织袋，走到一个年轻姑娘跟前，他问去某某地是不是在这里等车。姑娘没有回答，只是翻翻白眼，上下打量着农民工。似乎不甘心，农民工又问了一遍，这次姑娘回头指了指停车点的站点标牌，不耐烦地说："那上边有！"姑娘的话，农民工并没有听，他连看站点标牌的意思也没有，只是一脸的无奈。也许他看不懂，也许他本来认不得多少字，看到这情形，我便帮他。我告诉他去某某地坐几路车，怎么走。他告诉我是外地来打工的，由于生疏，坐错了车，刚刚才赶回来。远远地，我看到公交车驶来，我指给农民工，"前面那辆绿的是二路，我就坐这辆车；后边蓝色的，前面玻璃上写着个六，是上某某地的，你就坐这辆。一会车到了我上前面的车，不能送你，你别再耽误了。"农民工一边转身去拿他的编织袋，一边连声说："谢谢大叔，谢谢大叔！"

不过是一句话就能帮到人的事，姑娘却不愿意做。此时此刻，我联想起古人的训导。

三国刘备去世前在遗诏中嘱咐其子刘禅："勿以恶小而为之，勿以善小而不为。惟贤惟德，能服于人。"清礼部尚书张英在《聪训斋语》中说："与人相交，一言一事，皆须有益于人，便是善人。"张英还举了这样一个事例：一次我偶然在忌日的那天，穿了朝服出门。巷口一个人远远地喊道："今天是忌日！"我急忙转回家换了朝服。我虽然不认识那个人，但心里却很感激他。诸如此类的一些事情，在对方没有丝毫的损失，但对别人却是有益处的。张英说，一个人能千方百计考虑自己的一言一行都有益于人，彻底解除有损于人的事情，那么人们盼望他就如同盼望鸾鸟、凤凰这样的吉祥鸟，珍爱他如同珍爱人参、茯苓这样的宝贝。这样的人必定受天地保佑、鬼神佩服，享有诸多的福分，这个道理是显而易见的。

任何人都是众生一员，在社会大家庭中生活，有时候可能需要他人的帮助，有时候可能有条件帮到他人，正是这种互相需求与帮助，构成了和谐的人际关系，给这个世界带来了祥和、温暖。

帮助有多种形式，帮财、帮力、帮心，都是帮；帮助也有大小之分。能够舍财舍力，帮人走出困境，成就他人事业，甚至挽救他人生命，是大帮；不过举手之劳或者良言一句，为他人提供方便，是小帮，但是无论大帮还是小帮，都是善行。

中华民族有着乐善好施、助人为乐的优良传统，这种传统在新时期得到继承、弘扬，友善被列入社会主义核心价值观重要内容，强调公民之间应互相尊重、互相关心、互相帮助，和睦友好，努力形成社会主义的新型人际关系。

助人为乐作为道德规范，是为人民服务精神的直接体现，也是一种高尚的文明行为。体现在职场，就是尽职尽责，为大众提供优质服务；体现在社会，就是遵守公共道德秩序，文明礼让，相扶相帮。但是，目前就全社会来说，推动助人为乐成为公民的自觉行动，还需要社会各方面的积极引导和鼓励。就社会个体而言，也需要通过学习提高，明了事理，涵养素质，把助人为乐的好风尚落实到日常生活中。

正所谓"赠人玫瑰手有余香"，当他人需要帮助的时候付出爱心、伸出援手，你就是一个快乐的人、一个会得到福报的善人。而很多时候"赠人玫瑰"并不难，譬如为问路人指点迷津。

4. 不要轻慢衣着朴素的人

陪老伴去亲戚家串门，亲戚种的菜琳琅满园，也顺便给我们摘上好多，其中包括黄瓜。说实在的，这些黄瓜远没有市场上销售的黄瓜外形养眼，并非根根顶花带刺，也没有那么顺直、壮硕，如果摆在菜摊上，多半遭人嫌弃。但是我知道，亲戚家的黄瓜种得并不赖，只是没有使用那些能让黄瓜长得更好看的农药，如果从口感、营养、环保方面说，甚至质量更上乘一些。由此我联想到一个社会生活中的现象——以貌取人。

以貌取人由来已久。

当年，孔子有个学生叫宰我，又名宰予。宰予说话动听，言辞美好，于是孔子认为他将来能有所作为，很喜欢他。后来由于宰予在大白天上课时间睡觉，孔子非常生气，认为宰予是"朽木不可雕也，粪土之墙不可杇也。"受到严厉批评后，宰予主动找孔子承认错误，请老师对自己"听言观行"。宰予虚心改过，刻苦学习，注重德行修养，终于成为孔门弟子中的佼佼者。孔子的另一个学生澹台灭明，字子羽，体态相貌很丑陋，想要事奉孔子，孔子认为他资质低下，不会成大器，但子羽从师学习以后，致力于修身实践，处事光明正大，不走邪路，声誉传遍了四方诸侯。孔子从对两个学生的认知过程中受到启发："吾以言取人,失之宰予;以貌取人,失之子羽。"他得出结论:"不能以言取人,也不能以貌取人,只有'听言观行',才能正确评价一个人。"

孔子作为圣人,尚且有过以言取人、以貌取人的教训,而作为普通的社会民众,倘有如此错误认识也就不足为怪。

与以言取人、以貌取人类似的社会现象还有以衣取人、以财取人、以权取人等等。似乎衣冠楚楚的人便是鹤立鸡群,挥金如土的人定是高人一等,有了职权便是出类拔萃……实质上,一个人并非说得好听、长得漂亮、穿戴整齐、家财万贯、有职有权就等同于学识渊博,更不能说一定是有修养、有内涵、有道德。

以貌取人是一种形而上学的认识方法,只看到一个人的表面,缺乏对人本质的深刻了解,仅凭没有科学依据的主观臆想看待人,有可能造成对他人真实人格的不尊重,伤害到别人;也有可能由于误判,被动机不纯的人利用,给自己带来某种损害。在现实生活中,有些人雾里看花,被假大款、假能人、假美人、假帅哥等等蒙骗,根本原因就是由于自己在人际关系交往中只看表面不看本质。

当然,以貌取人只是认识误区,以貌取人的人也未必是坏人,即便遇到这样的情况也不必耿耿于怀。

三十多年前,我以第一名的成绩考入一所学校的大专班。当时我是班里唯一的"一头沉",老婆孩子是农村户口,经济条件显而易见的差,一些大企业来的同学穿戴西装革履,而我依旧穿着部队转业带回来"国防服"和妻子手工做的布鞋,加上还要时常下田帮妻子干活,上学带鸡蛋卖,自然没有其他同学那样的气派。于是,在一个周末的晚上,被人误以为是混入学校电视室的建筑队小工。那种被人"衣帽取人"的滋味的确不好受,但我坚信,人的一生充满很多的变数,也许会遇到很多的困难、很多的挫折，须知困难和挫折往往也是一种财富。在一个现实社会里，人们对弱者的态度会有多种选择，而关键是自己的心态。身处困境或者逆境的时候不必小看自己，保持一份自信；一帆风顺的时候更不可得意忘形，保持几分平和，人还是原来的人，仅此而已。

  这件事让我对以貌取人有了更深刻的认识，从另外一个角度也促使我时时反思。人与人之间都是平等的，本应该互相尊重，如果说特别尊重，那么应当特别尊重有学问的人、有修养的人、为社会、为民众做出贡献的人，而不是以貌取人。

  一篇小文，从黄瓜说起，收尾也一句话：不要轻慢衣着朴素的人。

5. 终身让路不枉百步

绿灯亮了，缓缓启动汽车，打算跟随前车顺序通过路口。着实让我惊讶的是前车起步迅猛，那架势不像跑，而是直冲。也就转瞬之间，隐约短促的刹车声传来，我看得清楚，对面左转向车主也是急性子，起跑之后立即转向，抢占有利地形，挡住直行车，两车夹角状态在路口相遇，很显然，谁也无法继续前进。

我停车后还在等待，心想既然走不过，有一个车稍微倒一步，放行对方也就罢了，那样我们其他的车也好通行。然而等了一会儿，顶牛的两位互不相让，僵持在那里。罢罢罢，我打了方向盘，从两车左侧绕过。缓行之间，侧目扫了一眼，两车前保险杠相距不过十厘米，倘若有一个车速度再快一点儿或者刹车再慢一点儿，这事故就形成事实了。

我一边走一边想，两位也算值得庆幸啊，没剐没碰。然而令我意外的是，走出好远，我从后视镜中看到，两辆车还在原地继续僵持，直到他们从我视野中消失，至于此后又僵持多长时间，我就不得而知了。

抢字当头，让心全无，这两位行路人，本来好端端的天气好端端的路，可谓天时地利，可偏偏争道抢行，非但没有抢来速度，反而抢出了麻烦。

行车之际抢与让，只是一字之差，结果往往大相庭径，多少交通事故不是抢来的？

唐永城名人朱仁轨在家训中告诫子弟："终身让路，不枉百步；终身让畔，不失一段。"意思是说一辈子给别人让路，不会走一百步的冤枉路；一辈子让别人田界，也不会使自己的田界失去一段。"话语不多，但是道理深刻。这种让反映了礼让的姿态，更反映了处事的人生智慧。

让是一种美德，让也是中华民族优良传统。大至"夷齐让国"，小至"孔融让梨"，都被传为千古佳话，这种礼让，增进了情谊，也避免了矛盾的激化，不失为明智之举。

说起"让畔"，我想起前些年实行联产计酬责任制时，我一位同学的爱人因为八厘米地界纠纷，与邻居争吵不休，一气之下喝了农药，就此撒手人寰，这已经不是得不偿失，而是愚昧之至，有多少田地、多少庄稼能换回逝去的生命、换回一个完整的家庭？

其实"终身让路，不枉百步；终身让畔，不失一段"的道理并不深奥，可为什么屡屡有人做不到呢？说到底是精神境界不高，小肚鸡肠，心胸狭窄。一事当先只为自己打算，凡事斤斤计较，稍微吃点亏就感觉过不下去，或者是争利益，或者是争名誉，甚至只为怄气，这样的人当然不会主动让路、更舍不得让畔。

在我们现实生活中，争道抢行、加塞、抢位等等屡见不鲜，甚至一言不合大打出手，正所谓"有礼则安，无礼则危"，实际上这么做也未必赚到便宜，弄得不好还有可能酿成事端，或者自食恶果，或者两败俱伤。

社会主义核心价值观提倡文明和谐、提倡诚信友善，完全顺应民心，符合历史潮流。我们应该站在国家、民族道德水平的高度，弘扬优秀的民族传统，赞美、鼓励文明礼让的行为，推动文明礼让成为公民的自觉行动，逐步形成高度文明和谐的社会风尚。就个人而言，则应该注重品德修养，胸怀大志，不计小失，能让人处且让人，顺理成章地在人生道路上"不枉百步""不失一段"。

6. 交朋友贵贤不贵多

清康熙年间进士张英所著《聪训斋语》是一部十分珍贵的家训，此书是作者辞官归隐后，总结本人丰富的生活经验及成熟的处世智慧而成，告诫子弟如何为人处世，不但文字精美，见解也有其精到之处，其中关于择友的论述，读来令人深思。

张英认为："人生以择友为第一事。"他说，自从读完书以后，有了妻室、家庭，渐渐远离父母的教诲和塾师的管束，这个时候开始结交朋友，情投意合便建立感情，朋友的话像兰花、白芷那样香甜，甚至父母、兄弟、妻子的话都听不进去，只听信朋友的话。一有行为不端的人插入进来，因为本性没有定性，见识还不纯净，没有不被这样的人带坏的。张英分析道，当官人家的子弟尤其严重。一旦上了坏朋友的圈套，迷惘而不觉悟，如若长辈告诫晓谕，反而产生嫌隙，更加滋长古怪的脾气和行为。所以"保持家业不如选择朋友。"他特别强调，他是痛心疾首来说这件事的。

所谓"近朱者赤，近墨者黑"，大约就是这个意思。

张英嘱托子弟只需在最亲的亲戚中间，观察他们的本性，恭谨厚道、喜欢读书的人，结交两三个人就足够了。何况家里有兄弟，互相取长补短为师友，也不至于寂寞。且从权势和财力来说，不愁吃穿，来结交的人，哪里能都有文章道德可以切磋呢？

交朋友贵贤不贵多，这是张英的交友原则。

张英说，朋友之间交往，平时有喝酒吃饭的花费、应酬的烦扰。一旦遇到婚事丧事有所短缺，就有资助借贷的事情；甚至有争吵诉讼和外来欺侮，就又有通关节、说人情、给予救护援助的事情。平时既然与他情投意合，关系密切，遇到有事却推脱，必然产生仇恨和鄙夷。所以我认为应当在一开始就慎重，况且嬉戏游玩、互邀宴饮，耗费精神，荒废正业，什么都谈论就会滋生是非。各种各样的毛病，没完没了。

张英依据日常生活实际做出分析，说明滥交朋友有害无益，朋友不选择就结交的做法必须戒除。

人生在世，不可能不结交朋友；交得好，便是一大幸事。当然，所谓好也是相对的，按照张英的标准，"德性谨厚，好读书者"，自然为上；就是一般意义上的朋友，也至少人品不能太差。

朋友是从相遇、相识开始的，传统的朋友，基本来自于同乡、同学、同事、战友等等。近些年，互联网进入平常人家，由此也开辟了网络交友新时代，不但扩大了交际范围，也增加了新的交友方式，同时，由于网络的虚拟性、便捷性，也提高了择友难度。但是，无论什么年代，只要坚持贵贤不贵多的交友原则，便不至于陷于交友误区。

当然，交到好的朋友也是缘分。这些好的朋友必然是贤人，如此才可能是良师益友。

在我风华正茂的军营生活中，我最好的朋友，正是让我终生难忘的优秀战友：在新兵训练场，第一次投掷手榴弹训练，当我手足无措时，老排长果断把我挡在身后；在那个我被肠胃病折磨的冬天，保卫干事于冰天雪地中抢走我手中的陈馒头，让我吃上热腾腾的新馒头；在我工作失误因挫折心灰意冷时，副政委及时出现在面前，那一席坦诚的交流，都让我终生难忘。

我在地方工作的几十年间，相逢许多兄弟一样的领导、同事，他们的为人品德、工作艺术、处事作风，让我感受到激励；尤其在我蒙受不白之冤时期，依然坚定地给予我信任与鼓励，这笔宝贵的精神财富，使我受益匪浅。

在我步入老年，离开工作岗位之后，那些情谊依旧的朋友，带给我的温暖更加可贵。当命运把我推向死亡边缘之际，那些出现在我身边的同事、同学、亲友眼中的关切，甚至升华了我的精神世界。

毋庸讳言，"物以类聚，人以群分"，能与贤人为伍，有若干因素促成，其中一个条件就是自身也需加强修养，倘若做不到贤人，至少要把贤人作为努力方向。

7. 若遇贤人胜贵人

清代名人孙奇逢在家训中说:"子弟中得一贤人,胜得数贵人也。"孙奇逢在这里说的贤人是品德高尚的人,贵人则是指大富大贵的人。他认为贤德之人能够固守节操,安分守己,不作非分之想;而那些追求富贵的人,好高骛远,尽管一直苦苦追求,却不能成功,不过是浪费生命。他还认为,如果品德不好,富贵的生活反而助长人的恶习。

我理解孙奇逢的本意,是告诫子弟涵养优良的道德品质,淡化追求荣华富贵的意识。在封建社会,如此教育理念难能可贵,时至今日依然有借鉴价值。

受孙奇逢家训启发,我悟到到另外一层意义。

日常生活中,人们也常常言及贵人,这里所说的贵人,是指在人生道路上起到关键性扶持作用的人,或施以钱财帮人解决经济方面的急需,或施以援手帮人摆脱对生命的威胁,或引领提携帮人前途走向光明。总之,遇到贵人是人生中非常幸运、非常美好的事。

但是,我认为遇到贤人的意义更重于遇到贵人。因为贵人的帮助虽然非常关键,但往往发生在某一个时间节点上,并且给予的帮助多是某种外部环境上的改善,而贤人的影响是多方面的。一个贤人能够做到一个贵人做的事情,而一个贵人却未必是能够发挥贤人的作用,贵人可以授人以鱼，贤人却能授人以鱼又授人以渔。站在道德的制高点上，贤人品格、言论、行为的影响更深刻、更持久，他的榜样作用更胜于贵人。

任何品德高尚的人，都是我们心目中的贤人，古代有之，现代有之，如果有心向贤，在日常生活中也能够遇到贤人。

几十年前，我曾在县政府办公室工作，那是我一生中工作最辛苦也最长见识的一段时间。原因就是我遇到了一位称得上是贤人的县长。

在县长手下六年间，没有不愉快，只有特别的累。算起来我一年也就五六个休息日，周末陪着他不是到上级部门单位跑项目，就是下基层了解情况解决问题，如果我想回老家看看父母，只能瞅个晚上的空，当然他休息的时间就更少了。雹灾、海潮袭来，总是最早出现在现场。除夕、春节，几乎整天慰问各个系统值勤人员，看望老同志、烈军属和坚持生产的职工。长期高负荷运转，过度的疲劳影响了他的身体健康，有一次他直接晕倒在电话会议桌上。县长劳累我们也陪着辛苦，白天上班，晚上也要工作几个小时，已经不能用加班加点来说明，有时候真的吃不消。我曾经半开玩笑的说："共产主义不是靠我们拼命就实现的，我们也休息休息啊。"他只是笑笑，该怎么干还怎么干。

县长出身在一个贫寒的家庭，靠舅舅的接济读完大学，"上山下乡"的时候来到我们这里的一个工厂当了工人。在担当一县之长后依旧保持着艰苦朴素、勤俭节约的传统，我们县的干部都知道他是最不讲究吃、住的人。有一次到省城出差，他坚持要住十几元一个床位的房间。到广州招商，我们两人一餐午饭只花了五元钱。

陪县长出差，谁也别想玩，我经常是带着照相机动也没机会动。一年跑几次北京，都是来去匆匆，我唯一的一次到天安门广场照相，还是跟别的同志去的。有一次去青岛，无奈之下我就在住宿的地方照一张像，也算是留点青岛的痕迹吧。到后来外出干脆就不带相机了，一心一意办事而已。

县长从来没有什么架子，也就不摆架子。记得我刚进办公室那年，当地的经济还是以农业为主，所以秋收秋种摆在重要的议事日程。在我陪他到农村了解播种进度的时候，他竟然跑到田里帮助老乡拉耧播种，多少年了，这是我知道的唯一能够做到这个地步的县长。当然平时对待身边的工作人员也非常体谅，从不在服务方面吹毛求疵，所以在他身边工作过的人都非常怀念与县长相处的日子。

县长也批评过我，那是有一次到外地出发回来，我跟司机想把剩余的土产提到他家，他非常生气，直到我们把东西拿走才罢休。

正所谓"君子之交淡如水"，感情很深交往却很清淡，我从来没有刻意给县长送过什么贵重礼物，只是在过年的时候把亲戚朋友送我家的年糕分一些给他，他也把老母亲蒸的大馒头给我两个。

县长没有像贵人一样提携我，但他克己奉公的思想品质、胸襟宽广的处世态度、脚踏实地的工作作风、廉洁自律的精神境界，在我脑海中打下深深的烙印，对我影响至深。此后几十年的时间里，我常常不由自主以当年的县长为榜样，把他的好精神、好作风落实在行动中，成为我工作顺利的思想保障。

品德高尚的人辐射出的精神力量虽然无形，但价值不可估量。若遇贤人胜贵人，我想这话有道理。

8. 人无高低贵贱之分

住宅小区有南北两个出入大门，北门认卡不认人，没有卡什么车别想通过，我也常常看到有的车辆因为无卡被迫从通道退出调头绕到南门；南门则宽松得多，只要求货车以及外地的车登记在册，本地轿车一般很少过问，多数没等走到门前那横杆就升起来了。

我家本来有两个车辆通行卡，可是都放孩子们车上了，所以平时我开车出入小区都走南门。

有一天我去医院买药，过路口时忘记右拐，径直把车开到小区北门，直到走近横杆才如梦方醒，我落下车窗不好意思地对岗亭门卫笑笑："忘了忘了，我车上没有卡啊！"门卫也笑笑说："没事，没有卡咱照样能过。"横杆升起，一声"谢谢"过后，我驶入小区。

一件小事，彰显人际关系。

小区的门卫全是农村来的临时工，多数都在六十岁上下，跟我差不多的年纪，很多次我路过门口他们招呼我进亭子坐坐说说话。我也是农村出来的，聊起家长里短很有些共同语言，没用多长时间就混成了老哥们。

说起门卫这差事，这些老哥们也很有些苦衷。他们如果管理松懈了，物业领导不满意，搞得不好还要被"熊"一顿；要是完全听领导的话严格起来，有些业主有意见，甚至找茬和他们过不去，据说就曾经有的业主为报复他们找了社会青年深夜寻衅闹事，故意把横杆掰折；还有的业主因为横杆升起慢了一点出言不逊，气势汹汹要揍人。

挣钱不多，管事不易，尽管是一群农村来的临时工，但他们也是人，也渴望被理解被尊重。

生活在这个世界上的人本来没有高低贵贱之分，无论什么出身、什么经历、什么地位，也无论是家财万贯还是一贫如洗，无非就是一撇一捺，互相尊重是做人的本分。要说有高低贵贱，唯一的区分标准就是人品而非其他。但是至今社会上仍然有些人以世俗偏见的眼光看人，瞧不起农村人，瞧不起临时工，并在言行中表露出来，实际上这些人才真的"贱"。即使你住豪宅、开豪车、一掷千金，难道你的祖宗甚至父母不是农民出身？你又有什么资格瞧不起农村人、瞧不起临时工？

中华民族有优秀的道德传统，文明礼仪是其中重要的内容。历史名人郑大和就曾把尊重农民写进家训。

郑大和，字文融，浙江金华浦江人。是中国古代孝顺友爱的杰出代表。他主张家事既非常严格又十分亲善，家庭凛然如公府。子孙稍微有点过错，他就指出来并责打他们，他自己也身体力行，虽然为官多年，但不敢违背家法。有如此家规家训，子孙也都孝顺谨慎。作为一家之长，郑大和自认为"为家长者，当以至诚待下，一言不可妄发，一行不可妄为。"还在家训中特意叮嘱："子孙当以和待乡曲，宁我容人，勿使人容我。"告诫子孙应该以和气的态度对待那些离城市偏远的农民，宁愿自己宽容他们，不要让他们来包容自己。

一位几百年前的封建士大夫，尚且毫无轻慢农民的意识，社会进步到今天，我们有什么理由瞧不起农民、瞧不起农民工？

或许因为我骨子里就有农民的基因，也或许因为我从小到老都没脱离开农村，我欣赏农民的勤劳、挚朴、诚实，始终对农民、农民工有一种亲近感。

每每步行走过大门，无论谁在值班，我都微笑着招招手，打个招呼，车少人稀的时候我还进亭子里和他们拉拉呱；开车走过的时候来不及打招呼就送他们一个微笑；逢年过节我也忘不了给他们送上祝福的问候。而每逢我走过，门卫也微笑着招手致意，主动招呼我。我住进小区这几年，门卫换了一茬又一茬，习惯沿袭下来，这个人群始终是我的一帮老哥们。

9. 心怀感恩自温暖

约了同学去看读初中时候的班主任张老师。老师住院了,恶性肿瘤已经扩散,但老师还不知道自己的病情,他被告知是骨质增生。

抑制着心底的难过,轻描淡写地跟老师谈论病情、谈论康复。我把几百元钱塞进老师夫人的衣兜里,老嫂子推让说:"不用啊,不用啊,你张老师啥都不缺。"我说:"是不缺,但这是学生的心意!"

在张老师的病床旁,我告诉他,教师节期间报纸刊登了我写的一篇感恩文章《高粱饼子》,就是写的他。

一九六二年,我在离家八里远的地方上初中。正是生活特别困难时期,有一周我甚至没有从家里带任何吃的东西,除了同学接济一点,晚饭和早饭都是到野外挖野菜,放点盐到食堂蒸熟了当饭吃。身体虚弱的我有一天在课堂上突然心慌头晕,在站起来向老师举手示意时休克过去,等我醒来已经躺在宿舍(想起心酸)。中午吃饭时间,班主任张老师到宿舍看我,他带来了两个高粱面饼子,我知道那高粱饼子每个要四两饭票。我一顿狼吞虎咽之后恢复了体力,也报销了老师一天的饭票(他每月27斤定量)。

后来我上了高中,再后来入伍,十几年部队生活后转业到地方政府机关工作,当我打听到张老师的消息后,便约了当年的同学去看他,从我初中毕业到再见到张老师，中间相隔了二十三年。但也就从那年开始，我有空就到张老师家中去坐坐，每到春节，就带了礼物去给老师拜年。

　　"那是张老师从他口里省出来给我吃的。"说起这段往事，心头依然酸涩，那时候的高粱饼子，比如今的山珍海味还要宝贵。动情之处，我的声音有点儿低咽，而张老师也一时沉默无语。

　　在这次看望几天之后，病魔便夺去张老师的生命。

　　"明师之恩，诚为过于天地，重于父母多矣。"正所谓"恩欲报，怨欲忘；报怨短，报恩长。"张老师走了，老师的恩惠永存，虽然说不上"涌泉相报"，但我感恩的心依然如旧，每逢春节，我还会去看看老师的夫人，陪老嫂子说说话、聊聊天。

　　感恩，不仅仅是一种回报，更是一种温暖，给予他人，也给予自己。每每忆及父母的慈爱、孙女的孝顺，心中便充盈着亲情的绵绵温暖；每每忆起军营中的互相关爱，心中便泛起家人、兄弟般的战友情感；每每想起几十年工作过的地方，也总有一些亲切、和善的面孔闪现……

　　感恩，也不仅仅感恩于他人。看看城乡面貌的变迁，想想衣食住行的变化，更添一份感恩于社会感恩于时代的心境；走进田野、走近河流山川，不由更赞美大自然给了我们一个美丽的生活空间……

　　人生在世，难得一帆风顺，常常遭遇困难、经受挫折，甚至承受来自方方面面的压力。而感恩，就像透过心灵窗口的阳光，是光明，是温暖；感恩越多，光明与温暖也越多。这种健康向上的光明与温暖，最能鼓舞信心、增强精神力量，激励人们以博大的爱包容社会、珍惜生活，克服困难，从而明了人生责任、实践人生义务、实现人生价值，使我们的社会变得更和谐、生活更美好。

　　心怀感恩自温暖。感恩，实在不可或缺。

10. 如何对待传言有学问

把正确对待传言写进家训，恐叶梦得是第一人。

叶梦得，字少蕴，宋苏州吴县人，后迁居湖州乌程，宋哲宗绍圣四年进士。曾任翰林学士、户部尚书、安抚制置大使兼知健康府。叶梦得知识广博，精通掌故，是宋代著名学者和词人，被人誉为"贯穿五经，驰聘百氏，谈笑千言，落笔万字。"叶梦得文采出众，但仕途并不顺畅，其中主要原因就是被人恶语中伤，这一经历使得他对世间传言深有感触，因而他将亲身阅历写进家训，作为对儿子的训诫。

叶梦得对流言蜚语的危害有深刻的认识，他说，《易经》上说："乱之所由生也，言语以为阶，君不密则失臣，臣不密则失身。"不负责任的传言关系到国家危亡，关系到安定团结，甚至关系到掉不掉脑袋，这能不重要吗？

叶梦得引用庄子的话说，就世间常人而言，"双方都高兴就会说过誉的话，双方都愤怒就会说过于指责的话。"叶梦得认为，大体上人们的话不能是全部实在的，因为人们往往带有高兴或者愤怒的情绪，高兴起来就可能过分夸奖，有失厚道；而气愤起来就可能过分指责，这样做的危害就更多了。

叶梦得说，说别人坏话的人，别人也会说他坏话，这等于是给自己加恶。就传言来说，有这么四种人：惯于说假话的人，常常信口开河而不计后果；乐于打听传播消息的人，常常添油加醋言过其实；沉溺于个人好恶的人，常常以自己的喜好掩饰坏人，以自己的厌恶诋毁好人；为利害相倾轧的人，常常制造事端，设计阴谋，唯恐倾轧无力、中伤不深。而听话的人也有两种类型：纯朴的人往往不辨是非，听到什么都相信；嘴快的人不管利害，听到什么都传。

叶梦得告诫他的儿子说，你们涉世不深，没有经受过患难，对于人情变诈，不能完全察觉，因此怎么知道不会沿袭旧习而犯错误呢？所以，想要谨慎说话，必须省察每一件事；择交朋友务必简约娴静，不要有求于事。如果这样，自然不会卷入是非毁誉的漩涡。基于这样的道理，叶梦得要求儿子择善而交，朋友品格端正自爱防患，这样一些惹是非的话便不会传到耳朵里。如果与一些头脑单纯的人交朋友，他们所说的话不能轻易相信，要好好想一想。如果与嘴快的人交朋友，就要保持警戒心理，不要跟随着说轻浮刻薄的话。如此一来，就可能避免传言引起的祸端了。

以朴实的语言娓娓道来，阐述深刻的道理，叶梦得的这则家训大有学问。传言永远都有，而相关的说与听也永远不会止息，叶梦得的论述，今天对于我们为人处世，对于促进社会稳定，仍然有借鉴意义。

随着社会的发展，信息传播形式更多、传播速度更快，所以日常生活中，我们除了对传统的人与人之间口传、眼观、耳听的信息分辨真伪、得当处置，更要对现代化途径带来的传言正确对待。

互联网让微博、微信、QQ走进千家万户，公众号也成为大众传播工具，在政府办公、企业经营、人际交往等社会活动中发挥了巨大的作用，这是社会的进步。但同时，好端端的交际平台也常常滋生出一些不和谐的东西。比如浪费时间的无用信息。朋友圈没完没了点赞、分享、推荐、投票……让人不尽其烦。比如真假难辨的无聊信息。往往加上一些语不惊人死不休的标题，说起吃什么好，差不多妙如仙丹长生不老，说吃什么不好，便比毒药还毒；一会儿某名人被捕，一会儿某地丢孩子，一会儿某明星怀孕；再不然鼓捣出一些所谓的名言警句，宣扬消极、偏颇甚至极端的处世哲学，如此等等，云里雾里的信不信由你，让人看完比不看还糊涂。最让人心烦的是一些别有用心的无德信息。打着揭露内幕、曝光真相的旗号，使用耸人听闻的语言，引用一般人无法考究的资料，否定已有定论的历史事件，诋毁英雄人物，贬低共产党的领导，发泄对国家、对社会主义制度的不满，险恶用心昭然若揭。

由于现代信息传播简便、迅捷，客户端又有分散、隐蔽的特点，不良传言扰乱人们思想，影响社会稳定，其社会危害性较之过去一般意义上的言语要严重得多。

传播不良信息的人，不是糊涂便是别有用心。重温叶梦得著述，就要谨慎对待传言，不负责任的话不听，故意中伤的话不传，远离流言蜚语，善于把不良信息剔除出来，不信，不传，避免以讹传讹。如果发现明显反动、色情的信息，应当及时举报给有关部门处理，以维护社会的文明与和谐。

11. 人能忍事则无争心

宋朝进士袁采很有学问,其治家格言之作《袁氏世范》最受世人推崇,被奉为"万世之范",《四库全书提要》曾给予极高的评价,并在西方汉学界引起重视。《袁氏世范》不失为做人处世的教科书,其中关于"人能忍事则无争心"的论述,读来很有裨益。

袁采说,人如果善于忍耐,并且逐渐习以为常,即使别人对他施以非礼到不可忍耐的地步,他也能处之泰然,和往常一样。人如果不善于忍耐,也逐渐习以为常,即使别人对他有一点儿小小的怨恨与非礼,根本不值得去计较,也总是竭尽全力去打官司,不到取胜决不罢休,但他不知道自己失去的东西远远要比得到的东西多。人如果有明确的见解和主张,不为外界事物所干扰,那么他的身心就会得到极大的安宁。

这段话简单概括,说明忍事是手段,也是代价,那么忍事的后果是什么呢?是身心的安宁。如果单纯从字面理解,安宁是避祸趋福,是平安健康,但仔细琢磨,忍事得到的不仅仅是安宁。

说到忍事,就必须提及它的反面,也就是袁采所说的争心,能忍则不争,这是矛盾的统一体。

就一般世人来说,有可能引起争心的是什么?无非就是名、利、情、气。由于没有忍事之心,于是有了"一将功成万骨枯",有了"人为财死鸟为食亡",有了"冲冠一怒为红颜",有了"卖了麦子买蒸笼,不蒸馒头争口气"……

现代社会,这种争心,可能发生在职场、商场,可能发生在家庭,也可能发生在社会生活的任何时间、任何地点。小到"路怒症",大到杀人越货,甚至一些家庭悲剧中的父子反目、兄弟相左、夫妻成仇,无不是争心膨胀的恶果。

袁采所说的争心,本质是私心,反之,能忍事是一种美德、一种修养、一种胸怀。孔融三岁能让梨,张英修书成就六尺巷,都是传世美谈。同时,能忍事也是一种智慧,越王勾践卧薪尝胆三个春秋,历经考验,终于重返故国,成就春秋霸主之名;蔺相如在回车巷"以退为进",感动廉颇"负荆请罪",才有了安国定邦"将相和";韩信忍受胯下之辱,奋发图强,勤读兵书,苦练武艺,终于成为一世名将;苏轼忍受官场失意,乐观豁达笑对人生,成为独具豪迈之风的大文豪。与之相反,诸葛亮三气周瑜的故事也告诉我们,纵然具有雄才大略,如果不能忍事,也可能一败涂地。

说忍事,不是无原则忍让。如果涉及到大是大非,触及法律法规,关系到国家和人民的根本利益,不但无可忍让,为此奋斗作出牺牲也是值得的,但在日常生活中,我们经常遇到的忍与不忍,不过是人民内部矛盾,甚至是一些细节问题。

作为社会细胞,家庭成员之间的关系是相对最紧密的,即便如此,"锅碗瓢勺"也常常有碰撞,父子、兄弟、夫妻、婆媳以及有亲缘关系的任何人,都有可能因为钱财、话语权、脾气不和甚至鸡毛蒜皮的生活琐事产生矛盾。在职场,上下级之间、同事之间、关系单位之间,也往往因为所站的角度不同,存在认识上的差异、利益方面的分歧。

而在社会大环境中，人与人之间相处，更是常常无意或有意产生一些摩擦、争端，比如开车人常见的抢超、抢会、抢车位等等。

有分歧、有矛盾不可怕，关键是怎样对待。倘若能做到袁采所说的能忍事，那么也就没有争心，自然"不为客气所使，则身心岂不大安宁！"

能忍事的关键是培养克己忍让之心，熔炼海纳百川的宽广胸怀，一事当前不能只为自己打算，要设身处地为对方、为他人着想，虚怀若谷、通情达理，至少做到"己所不欲勿施于人"。家庭成员之间出现分歧产生口角时，要想一想"处家贵宽容""家和万事兴"，从爱心出发，互敬、互爱、互谅、互让、互帮。职场人际关系出现矛盾时，要想一想"小不忍则乱大谋""忍一时，风平浪静；退一步，海阔天空"。从长远和大局出发，不计小失，化解矛盾，谋求发展。社会生活中发生争执、自尊心和切身利益受到伤害时，要心平气和地想一想自己处事有什么不妥，即便自己是正确的，也要"忍一时之气，免百日之忧"，做出合理、适当、理智的让步，力求"大事化小、小事化了"，避免感情用事采取激化矛盾的做法，切忌针锋相对、以恶制恶、冤冤相报。

能忍事、无争心，"有理让三分"并不是软弱，而是善良、宽容的体现，是智者、强者的风范。我们应该加强思想修养，提高道德水平，陶冶精神情操，识大体，顾大局，做一个能忍事的人，让自己的身心更加安宁、事业更加顺利、生活更加阳光，也为建设现代社会文明和谐增添正能量。

12. 别让你的"晒"成为别人的刺

老战友聚会分外热闹，话从前叙今天，其乐融融。

一位战友突然站起来，大声说，"我跟大家说说我家里的情况"，接下来是夫妻二人如何的高收入，冬天住海南，夏日傍海滨，潇潇洒洒安享晚年；儿子仕途如何的顺畅，前途无量；女儿、女婿经商如何的事业成功；孙子学业如何的突出……

战友们对这一番突如其来的告白先是一愣，继之是掌声与赞叹："好！真好！"

"晒"幸福嘛，抚今忆昔，知足方能常乐，似乎无可厚非，可我总觉得哪里有点儿不太对劲。我相信这位战友所说的情况完全属实，但在这样的场合如此高调值得商榷。尽管战友之间并无芥蒂，但是须知"家家有本难念的经"，张战友老伴重病在身，长期治病花费不菲，手头难免拮据；王战友儿子下岗自谋职业，小打小闹维持家计；刘战友儿子离婚孙子屡屡逃学，老两口操心儿子又操心孙子……诚然，大部分战友过得日子虽然平淡，但也算是幸福，不过毕竟有些家庭境况不是很好，这种无形之中的对比，就让一部分战友相形见绌，显得很没面子；而且他人之长自身之短就像一根刺扎在痛处，心里很不是个滋味。

或许这位战友"晒"幸福并没有故意炫耀的想法,但客观上已经有了炫耀的意味。

清代进士、名臣纪晓岚满腹经纶,学富五车,在家教方面也很有见地。他先后给儿子、堂兄弟、内侄子等写下了很多意味深长的家书。他在写给次子的家书中说:"当世宦家子弟,每盛气凌轹,以邀人敬,谓之自重。不知重与不重,视所为为。"他还把喜欢炫耀地位身份、喜欢炫耀金钱财产的人列入不可交的十种人之中,告诫儿子远离。

宋代进士袁采在家训中说:"与人交游,无问高下,须常和易,不可妄自尊大,修饰边幅。若言行崖异,则人岂复相近!然又不可太亵狎,樽酒会聚之际,固当歌笑尽欢,恐嘲讥中触人忌讳,则忿争兴焉。"也是提醒交往中要有平和心态,言谈之间避免触犯他人忌讳的事。

古人的教诲不无道理。与人交往,说话是很有学问的,言谈之间保持低调,顾及到他人感受,就是一种涵养、一种美德。反之,只顾自己心情痛快甚至有意炫耀,很可能换不来敬重,甚至带来尴尬的后果。

十多年前我从网络结识了一位异性文友,这么多年过来我还是十分敬重她,因为这位朋友不但颇有文采,而且心地善良。一次交谈起论坛的"晒"潮,她说,她与老公的感情非常好,之所以不想"晒"出来,就是担心别人看了会自愧不如。我知道她的老公当初是在她重病之时铁心陪伴她的,婚后也一直恩爱有加,我完全相信她的不"晒"是顾及他人感受,避免了炫耀之嫌。

社会的发展让人们的物质生活条件、精神生活条件都得到显著改善,"晒"幸福的事情司空见惯,这是社会进步的标志,也是人们感恩、乐观、自信情怀的体现。但是"晒"幸福不是满足自己虚荣心的炫耀,一定要注意场合、对象甚至气氛,切忌把你的"晒"成为他人的刺。

13. 讷于言未必不优秀

我的一位亲戚家有一对孪生姐妹,姐姐爱真,妹妹爱玲,姐妹俩虽然长相差不多,但性格迥异,姐姐从小就文文静静,而妹妹活泼好动,长大后都在家乡的工厂里上班。

妹妹爱玲的活泼很是吸引异性年轻人的眼球,有一位小伙子看上了她,便托人提亲。男大当婚女大当嫁,经过撮合,两个年轻人很快见面,没想到约会交流几次之后,爱玲便说不合适,提出分手,理由是这个男青年性格腼腆,不善于语言表达。眼看这桩婚事告吹,谁也没想到姐姐爱真却相中这小伙子了,她从小伙子与妹妹来往中感觉他人很朴实,话不多,但是人并不傻,属于慧中的类型,过日子能靠谱。后来事情的发展也如大家所愿,两人结婚后小日子和和美美。前些天我们按照农村风俗去参加小宝宝满月宴的时候,听说爱玲还是单着的。

从感性的角度,我是赞成爱真的选择,最近学习圣人古训,更感觉爱真眼光没有错。

《论语·里仁》曰:"君子欲讷于言而敏于行。"意思是君子说话要谨慎而行动要敏捷,少说空话多干实事。讷于言是孔子的一贯思想,孔子对那些能说会道、夸夸其谈的人没有好印象,批评他们"巧言令色,鲜矣仁","巧言乱德"。相反他觉得"刚毅木讷近仁",做得好，政绩突出，但不善言谈，不是大问题；而只说不做，反会给人不好的印象。所以孔子强调对一个人要"听其言而观其行"。荀子则更直截了当地说："口能言之，身能行之，国宝也。口不能言，身能行之，国器也。口能言之，身不能行，国用也。口言善，身行恶，国妖也。"淋漓尽致把不同言行的社会效果勾勒出来。

圣人言论蕴含的道理侧重指向国家管理人员，但是齐家与治国同此一理，并且不限于齐家、治国，而是适用于社会生活、人际交往的各个方面。

讷于言是人的品性，也是行事风格。"言以忠志，文以足言，不言谁知其志？言之无文行而不远。"一个人的脾性、品德、内涵、能力常常通过语言表达出来，所以说说话也是一门学问。严格说来，我们通常所说的讷于言包含说话木讷的意思，不能完全看成优点，但是，讷于言不是一个人的全部，更不能因为讷于言便否定一个人，因为言行比较，行比言更能反映一个人的品质和能力。

显而易见，无论政府机关还是企业单位，考察公职、从业人员的标准不应该只看言语而忽略实际行动，但是，现实生活中，有相当多的领导者，或者由于自身认识能力肤浅，或者是喜欢听顺耳之言，常常偏爱某些巧言令色的人，不能正确看待讷于言的人，由此造成察人、用人失误以致误事、坏事，也就不足为奇了。

家庭是稳固的社会细胞，"家和万事兴"，小日子过得好核心是和，而家庭的和谐，直接受每个家庭成员言语行动的影响，恰如其分的语言交流固然重要，但是天长日久过日子，最重要的莫过于相互之间体贴、呵护和包容的实际行动，长幼之间、夫妻之间、兄弟姐妹之间都是如此。

社会生活中人与人之间的交往，人们的第一印象往往来源于言谈，善于言谈的人确实容易博得人们的好感,而讷于言的人往往让人感觉其人笨拙、无能,但是,仅凭言谈就断言一个人的品德和能力如何如何是错误的。所谓"路遥知马力,日久见人心",这个"日久"便是听其言观其行,尤其是观其行的过程。谁都愿意与善良、诚实、仗义的人相处,那种夸夸其谈的人、言行不一的人、文过饰非的人,尽管短时间内会赢得人们的好感,但终究会失去人们的信任。

我们说讷于言未必不优秀,并不是说没有必要提高说话的能力、讲究说话的艺术。一般来说,说话区分对象、尊重他人、理解他人;说话注意场合、气氛,在什么样的情况下适合说什么样的话;说话当讲则讲,不说废话、空话、大话、瞎话,都是基本的常识。如若提高说话的内涵质量、艺术水平,则需要进一步加强自身思想道德品质修养,宽阔胸怀,提高精神境界;要多读书、读好书,开阔眼界、丰富知识;还要吸收他人说话的经验,总结自己的教训,在实践中锻炼提高,最终成为能言善辩、德才双馨的优秀人才。

14. 从近人情看人品

朋友 A 自幼深受奶奶疼爱，长大后极尽孝敬之能，奶奶的最后一日她一直握着奶奶的手送老人家安详离世，当我听到这个故事的时候也不禁为之动容。朋友 B 的老师曾为他交付学费，还在他忍饥挨饿时分享老师的口粮，是老师的帮助让他不至于辍学，他一直铭记师恩，老师过世后逢年过节他还依然看望老师的夫人。朋友 C 是位青年志愿者，热心公益事业，当地扶贫活动总少不了他的身影，他还连续多年资助两名贫困儿童上学。

菽水承欢，知恩图报，助贫扶危，体现了中华民族优秀的道德传统，都是人世间最为真善美、最值得称颂的行为，与这样的人做朋友，感到温暖，觉得放心。

说起来，这都是人之常情，能这样做的人就是近人情，近人情闪现着人性的光辉。与之相反，人们把言行怪僻、违背常理、冷酷无情说成不近人情。

《史记》中有一个非常典型的不近人情的故事。管仲临终时，齐桓公去见他，问道："若你不幸离世，你看谁可以接替你做宰相，易牙这个人行吗？他知道我爱吃美味，就把自己的亲生儿子蒸了，做成菜给我吃。"管仲回答："人哪有不疼爱自己孩子的，做出这种事情的人很可怕。"齐桓公又问:"公子方这个人怎么样?他抛弃自己父母亲人和公子的地位来投靠我,对我很好啊。"管仲回答:"连自己的至亲都可以抛弃的人,不可亲近。"齐桓公最后问道:"竖刁这个人怎么样?他为了伺候我,把自己阉割了,对我可好了。"管仲回答:"人哪有不爱惜自己身体的,如此残损自己的肉体来伺候君主的人,不可亲近。"管仲死后,齐桓公没有听他的话,重用了那三个人,结果他们联合起来作乱。

从这个故事不难看出,不近人情从本质上说是极度的私欲抹杀了人之常情,这样的人品质不好,在社会生活中,为人处世好不到哪里去,往轻里说处理不好人际关系,往重里说可能坏事。

于是司马迁在《史记·齐太公世家》中借管仲之口说:"非人情,不可。非人情,难近。非人情,难亲。"指出一个人连自己和别人的性命都不放在心上,连自己和自己的孩子都不爱的人,怎么会爱别人?结论便是:凡是能做出超越正常人性、人情范围之外事情的人,都是不可亲近的。

这个故事很有借鉴意义,让我们懂得了是否近人情体现一个人的人品,也是我们鉴别、衡量一个人道德水平的重要标准。

近人情符合人性道德和传统美德,历来是人心所向;在当代则是推进家庭和睦、社会和谐的道德基础,与社会主义核心价值观中的文明、友善完全一致。近人情有着普遍性,与千家万户的社会生活息息相关,因此人们常常表达出对不近人情的不满,比如谴责见死不救的行为,批判违背社会公德的做法,厌恶欠债不还的行径,不愿和不孝顺的人交朋友等等。公职人员是不是近人情也会影响到所在部门、单位的社会形象和公信力,因此,一些地方还把是否尊老敬贤、是否遇事冷漠等等作为考察任用干部的标准。

人心向往温暖,社会呼唤人情。将心比心,希望他人近人情,我们每一个人也要从自身做起,从根本上树立为民族、为社会、为他人的世界观,继承和弘扬中华民族优秀道德传统,学习古今中外贤人名士为人处世的事迹,做一个近人情、有人品的人,为创建文明和谐社会增加正能量。

当然,提倡近人情、讲情理的同时,不能忘记讲法理。"以道为常,以法为本。"我们只能尽力达到情理与法理的一致,在特殊情况下,情理还要服从法理,毕竟我们处在法治社会,自然法不容情。

15. 陈确《不乱说》赏析

人们常说"管住嘴，迈开腿"，意为节制饮食、加强锻炼以利身体健康，在这里管住嘴特指吃的方面，而实际上，我们管住嘴还应该有另外的解释，那就是不乱说，须知管住嘴除了提防病从口入，还能防止祸从口出。

明末清初思想家陈确在所著《辰夏杂言》中有《不乱说》篇，专题对乱说话行为进行剖析和批判，其中所蕴含的道理值得我们深思。

陈确说："俗指妄言者为乱说，此'乱'字所包甚广，盖非指以无为有也。"他从社会现象中概括出六种乱说话的类型。

"凡言之杂乱而无序者，是乱说也。"这是一种常见的妄言，或"上言不搭下语"，或"东扯葫芦西扯瓢"。这种情况通常两种原因，一种是说话者思维混乱，组织语言的能力很差，经口传达出来的信息自然杂乱无序。另外一种原因是时间紧迫或者情绪激动，如大惊、大怒、大恐、大悲、大喜等情形，没有想好怎么说便急于表达，结果让人听得一头雾水不知所云。

"浮游不着事者，是乱说也。"浮游指在水面上或空气中漂浮移动，用在说话方面便是所言虚浮不实的意思，如清王夫之《尚书引义》说，"诡於君子之道以淫於异端之教者，其为言也，恒与其所挟之知见相左,而缪为浮游之说以疑天下。"现代科技催生现代化大众传播工具,以互联网为依托的网站、QQ、微信等公众号无所不达,真假难辨的信息铺天盖地,云雾其中,已经达到令人无法确认、不敢相信的地步,浮游不着事的成分和程度较从前唯有过之而无不及。

"道听而途说,是乱说也。"不经过核实,不经大脑过滤,听风就是雨然后进行传播,如此混淆视听的做法危害极大。《国策》和《淮南子》都引用"三人成市虎"的成语,说三个人谎报市上有虎,听者也信以为真。道听途说本质上是不负责任的表现,传播的很可能是废话、假话、坏话,往轻里说很无聊,往重里说有可能别有用心,无论什么时候、什么情况下,道听途说都应该杜绝。

"在野言朝,忘己议人,是乱说也。"在野指不执政,在朝为当政掌权,这里我们可以引申为旁观者与当事者。不检点自己而非议做事的人,专挑别人的毛病。这种妄言就像我们平时所说的"站着说话不腰疼",一方面于事无补,一方面影响团结和谐,属于没有任何积极意义的负能量。

"凡非极切实当理之言,皆乱说也。"这里陈确用了凡和皆两个字,把不准确不切合实际、不符合道理的言论一网打尽了。传播无根无据、不合道理的言论,不是乱说又是什么?

"言虽极切实当理,而能言之而不能行之者,是乱说也。"这种情形在社会生活中并不少见,比方说所言提出的建议、意见很有道理,但是客观上不具备实行的条件,如果一味固执这样的说法,当然就是乱说。

陈确对乱说话的做法强烈不满,他批评道听途说行为,"道路之言,多虚少实,……今皆习而不察,每闻一事,即称凿凿,居之不疑,甚或更加装缀，虽所谓志学之士，时复不免，吾甚痛之，惜之。"听到什么消息不予考察便深信不疑，甚至还添油加醋，一些所谓有学问的人也时常免不了犯这样的错误，真是令人痛恨、惋惜。

陈确认为，有些事情，即便是真的也未必可以说，更何况是传闻、是假的。"凡言事，且莫论真假，就使极真，多有不必言、不可言者，况非真乎！经目之事，犹恐未真，况传闻乎！"他认为为人处世，该说不该说是有分寸的，只说应该说的，便不会有多说话这样的事情"语默有体，吾只言其所当言，言自无多"。

言多必失，乱说话可能惹事、惹祸，这是人人都知道的常识，但是怎么样才能少说话呢，陈确吸取他人的经验，开出了药方："求仁之方，无过克己，省言之法，只莫说人。"但凡多说话、说错了话，肯定与说别人有关，如果能把住不说别人这一关，自然就不存在多说、乱说的事情，从而也不会惹祸。

陈确《不乱说》是他对社会生活体察所得的经验总结，对世人如何为人处世、处理好人际关系颇有指导意义。从中不难看出，要做到不乱说，归根结底必须加强个人品德修养，丰富处世经验，提高语言表达能力。当然，所处的社会环境决定了陈确《不乱说》的局限性，其中明哲保身的主观意图十分明显，我们应该吸收其精华，戒除其消极因素，站在社会主义新时期的历史高度，胸怀国家、民族的大目标，襟怀坦荡做人，光明正大做事，无私无惧为建设文明和谐社会畅所欲言。

职场

1. 业无高卑志当坚

我知道她肯定会来,不过还是隐隐担心,毕竟这天气、这道路太恶劣了。傍晚,雪似乎停了,但西北风却更刮得紧,经过汽车碾压的路面溜滑,无论开什么车,如果不是打起十二分精神,就有可能出现意外。

看看差不多到往日的点了,从窗户望出去,没来,过会儿再看,还是没来——不是怕喝不上鲜奶,而是一种莫名的担忧。

楼道门铃响,是她来了,比以往稍稍晚了一点。

"路上不好走吧?"我关切地问。

"哎呀,很滑啊!"

看她棉衣裹身、棉帽上头的样子,我说:"这个天开个三轮走街串巷,真受罪了。"

她笑笑,算是回答。

怕耽误她的时间,取上牛奶,打个招呼作别。

住进这个小区三年,订她家鲜奶也三年了。

很普通的村姑,走进人流就会被淹没的样子,但是,留给我的印象很深。

哥哥、嫂嫂、爱人和她共同经营着一家奶牛场,养牛、挤奶、加工、送奶,各有分工,她的任务就是日复一日骑着电动三轮车跑遍小城,把鲜奶送进顾客手中。

送奶的活儿看似简单,却也很是辛苦,一年三百六十五天,不管严寒酷暑都要风雨无阻,即便有个头疼脑热,那也是耽搁不得,一来做生意要讲信誉,二来鲜奶保质期很短,不及时送出容易变质。

与一般买卖人不同,虽说挣钱不易,村姑倒也不是计较之人,无论大月小月,统统按三十天收费,就为这,我们时常在缴费的时候发生争执,一个说:"算了、算了。"一个说:"恰好有零钱。"

更让我好感的,村姑是一个很有礼貌的人,每回送奶,都是大爷长大爷短,而她的话不是专门讨人喜欢的那种伶牙俐齿,没有任何做作,朴实得像邻家孩子。

很久了,一直想为送奶村姑写篇文章,却苦于不知道如何确定主题。

近来读名人家训张耒教子篇,心头豁然开朗。

张耒,宋楚州淮阴人,宋神宗熙宁年间进士。他写诗反映民间疾苦,并借以教育儿子。古诗大意:如霜似雪的月亮从城头慢慢落下去了,城楼上五更时分一片寂静。这时候卖饼儿的人捧着盘中的面饼绕街叫卖,市区楼亭的东西还模糊看不清,大街上没有人走动。北风吹刮着衣裳又吹刮着饼儿,卖饼的人不担忧自己身上衣服单薄而担忧饼儿被吹凉。职业不分高低贵贱,意志都应当坚定,男子汉大丈夫有了执著的奋斗目标,哪里还会追求清闲呢?

"业无高卑志当坚,男儿有求安得闲",自然是这首诗的点睛之笔,如今读来仍然意味深长。

大千世界,三百六十行都需要有人做,尽管从业环境、从业待遇乃至社会贡献各不相同,但不代表这种职业以及从事这种职业的人有高低贵贱之分。无论哪种职业，只要适合自己的，就是对的；能够热爱本职工作，坚守职业道德，兢兢业业，就是最好的。就如张耒诗中的卖饼人，如我所述的送奶人，已经无愧人生，实现了自己的社会价值。

反观有的人，或者抱怨命运不公，大事做不来，小事又不做，这山看着那山高，朝三暮四，迷失生活方向，最终一事无成；或者意志不坚定，吃着碗里瞧着锅里，贪图安逸，敛财好色，腐化堕落，最终成为社会垃圾。

其实，人生道路都是自己走出来的。

"业无高卑"，平常的职业平常的人，送奶村姑，也是一个大写的人。

2. 艺由己立，名自人成

班固，字孟坚。扶风安陵人。东汉史学家、文学家。班固子承父业，历时二十余年，修成《汉书》，文辞渊雅，叙事详瞻；还著有《两都赋》《白虎通义》等重要文献。而他的《与弟超书》意简言赅："得伯章书稿，势殊工，知识读之，莫不叹息。实亦艺由己立，名自人成。"

这篇家训，全文不过二十余字。班固告诉弟弟，得到徐伯章的书稿，感到笔势工巧，熟悉的人读了它，没有谁不赞叹。进而他得出结论：艺由己立，名自人成。其言虽简，其意却深，尽管传承近两千年，至今仍有深刻的教育意义。

无独有偶，东汉经学家郑玄也曾说"显誉成于僚友，德行立于己志"，与班固的"艺由己立，名自人成"如出一辙。

艺由己立。这里所说的艺，是泛指学识与技能，而学识与技能，不是与生俱来，也不是凭空得来的，立艺的过程是一个艰苦的修炼过程。古今理论家都指出，人的学识与技能无非来自两个途径：一个是接受来自于包括读书在内的各种渠道、各种形式、各种内容的理论教育；另外一个是通过锻炼、实践积累起来的经验。我们熟知的一些名言警句很生动地形容学识的来之不易，比如"学海无涯苦作舟，书山有径勤为路"，比如"读书破万卷，下笔如有神"，比如"业精于勤而荒于嬉,行成于思而毁于随"等等,说明即便是接收继承先人的智慧结晶,也需要付出艰苦的努力。而技能的形成,更是以时间、精力甚至以承受痛苦的代价换来的。古今中外的思想家、理论家、文学家、科学家、实业家和各类事业有成的人,无不历经炼狱般的磨砺,从而最终达到人生的顶点,正所谓"不经历风雨,怎能见彩虹,没有人能随随便便成功"。

艺由己立,明确这个"己"的重要性也很关键。无论学识还是技能,当然是自己付出辛勤劳动得来的最真实、最巩固、最可靠,舍此并无捷径可走。近些年社会上对"官二代、富二代"众说纷纭,这些所谓的"官二代、富二代"不需要自己努力便可以获得物质、荣誉的特殊地位。其实,"官二代、富二代"并没有错,或许其中有些人还是社会的佼佼者,怕就怕有的"官二代、富二代"养尊处优不思进取,更可怕的是他们的父母会对孩子娇惯有加,不能狠下心来让孩子自己通过艰苦努力获得真才实学。即便是一些普通家庭,也有些父母对孩子应该承担、可以承担的包括学习一类的事情包揽过多,恨不得替孩子成长一回,实在是还没有理解艺由己立的深刻意义。

此时我还联想到一个职场现象,就是有些领导者习惯在大众场合读秘书起草的东西,一旦即席讲话则有点儿无措,而每逢处事便优柔寡断,严重时甚至失职、渎职。说白了他自己的"艺"并没有立起来,看上去还不错的那些"艺"是别人的而不是自己的,这种人实际上就是毛泽东批评过的"腹中空",没有真才实学,只是凭借某种关系、某种手段谋得领导者地位,而这种人也很可能在大浪淘沙的竞争中败下阵来。从另外一层意义上说,这也是一种官场、职场的腐败。

再说到"名自人成",便更好理解。社会是公平的,历史是公平的，一个人的名誉总是与他的表现相辅相成，哪怕经过一些曲折磨难，大众和历史总会还你一个公道。正所谓是非自有公论，功过后人评说，好的赞誉不是哪一个人想要就要得来的。无论是德艺双馨还是功成名就，你必须具备德艺，别人才好赞美你，你必须有成就，社会才能赐你功名。

艺由己立与名自人成有不同的含义，但是毫无疑义：二者有一定的因果关系，没有艺由己立，便不可能名自人成；二者还有至关重要一致性，那就是无论艺由己立还是名自人成，都需要自己切切实实的努力，否则一切都是空谈。

3. 为人处世当"守政"

长期以来，印象中颜真卿就是一位书法大家，近来读史方知不然，一些的偏见只是囿于我的孤陋寡闻而已。

颜真卿，字清臣，山东临沂人，唐玄宗开元年间进士。颜真卿确实无愧于书法大家之称，其书法精妙，笔力沉着雄浑，擅长行、楷，创"颜体"楷书，与赵孟頫、柳公权、欧阳询并称为"楷书四大家"。又与柳公权并称"颜柳"，被称为"颜筋柳骨"。颜真卿还善诗文，曾著有《韵海镜源》《礼乐集》《吴兴集》《庐陵集》《临川集》，遗憾的是均已失传，传世的只有宋人辑的《颜鲁公集》。

然而，颜真卿绝不仅仅是书法家、文学家，他还是唐代名臣，曾四次被任命为监察御史，迁殿中侍御史。因受权臣杨国忠排斥，被贬为平原太守，人称"颜平原"。安史之乱时，起义军对抗叛军。唐肃宗即位后，拜工部尚书兼御史大夫，为河北招讨使。至凤翔，授宪部尚书，后迁御史大夫。唐代宗时官至吏部尚书、太子太师，封鲁郡公，人称"颜鲁公"。

颜真卿才华出众，为官刚正清廉，为官后还举家食粥。然而命途多舛，屡屡被贬，更在兴元元年，遭宰相卢杞陷害，被遣往叛将李希烈部晓谕，凛然拒贼，持节不屈，因而惨遭缢杀。

颜真卿在赴贬前曾手书《守政帖》，告诫子孙"政可守。不可不守。"要求后人一定要为国尽忠恪守职责。他说，我去年因为勇于直言得罪了权臣，但是我不能违背道义与他们同流合污，所以被陷害成为千古罪人。我虽然被贬谪到远方，但是我一辈子也不认为这是耻辱。你们应当理解我的节操志向，不得不恪守自己的职责。

颜真卿这篇家训言简意赅，表达了他以国事为重，刚正不阿、不向邪恶低头的高风亮节。

一个封建社会的士大夫，颜真卿为了自己信奉的事业，不畏强暴，尽职尽责，不由令人肃然起敬。

我国历史上，不乏为信仰为国家献出生命的杰出人物，比如商鞅变法，强国富民；屈原投江，死而无憾；诸葛亮报国，鞠躬尽瘁；百日维新，六君子蒙难等等，他们的作为与颜真卿的"守政"如出一辙。尽管他们维护的是封建王朝，但那种"守政"精神无可厚非，而这种精神来源于对国家的热爱，对信仰、对事业的忠诚。

我党历史上，无数革命先烈为革命献出了自己的热血和生命，共产党员夏明翰临刑前的就义诗，至今读来慷慨激昂、振奋人心："砍头不要紧，只要主义真。杀了夏明翰，还有后来人。"革命先烈之所以义无反顾，就是因为有坚定的革命目标。"只要主义真"，这个"主义"就是社会主义新中国，为了新中国不惜献出自己的一切甚至生命，革命先烈赋予"守政"更新的意义，也是"守政"的最高境界。

在社会主义建设时期，县委书记的好榜样焦裕禄、感动中国的好干部杨善洲、优秀共产党员时代先锋孔繁森、拼命也要拿下大油田的铁人王进喜，是无数英雄模范人物的杰出代表，他们视人民利益高于一切，廉洁奉公，忠于职守，全心全意为国家、为民族服务，他们是新时代"守政"的楷模。

当代中国，改革、发展如火如荼，实现富民强国的"中国梦"是全国人民的共同愿望，为了实现这个伟大目标，"守政"是每一个中国人应有的品质和责任，而"守政"动力，就是坚定"中国梦"这个理想信念。

"只要主义真"，封建社会士大夫能为"守政"尽忠，革命先辈能为"主义"献身，我们新社会的主人，都应该弘扬"守政"精神，志存高远，胸怀大局，忠于职守，不计私利，拼搏奋斗，为实现中华民族的伟大复兴贡献自己的力量。

"守政"是一种人格素质，为人处世当"守政"。

4. 不为轩冕肆志，不为穷约趋俗

同学聚会侃大山，说到曾任过部门一把手的某同学退职以后备感失落，觉得没脸见人，郁郁寡欢闷在家里足不出户，终日借酒浇愁，亲友劝说也无济于事，几年之后重病缠身，最终撒手人寰。一石激起千层浪，大伙儿议论纷纷，说像某同学那样典型的实属个例，但下台之后不适应者确实大有人在。

这种人，看似毛病出在下台后，其实，病根在台上甚至上台之前就种下了。

记得旅游时在南岳衡山大庙的魁星楼戏台两侧有一副对联：凡事莫当前，看戏何如听戏好；为人须顾后，上台终有下台时。横批为：古往今来。看到这副对联我深有感触，认为说的很有道理。的确，人生大舞台，有高潮也有低谷，且上台终有下台时。一个人仕途中的上台与下台，是由多种因素促成的，毋庸置疑的是有上台必然有下台，没有人一直春风得意，这规律颠扑不破。上台后是否趾高气扬，下台后是否失魂落魄，关键在于人的心态，而人的心态是由思想境界决定的。

这样的社会现象，《庄子》外篇一段话早已剖析得精辟入里："今之所谓得志者，轩冕之谓也。轩冕在身，非性命也，物之傥来，寄者也。寄之，其来不可圉，其去不可止。故不为轩冕肆志，不为穷约趋俗，其乐彼与此同，故无忧而已矣！今寄去则不乐。由是观之，虽乐，未尝不荒也。故曰，丧己于物，失性于俗者，谓之倒置之民。"

老人家说得何等好啊！做人决不可因为富贵荣华而恣意放纵，也不可因为穷困贫乏而趋附流俗。仕途名利本是身外之物，来去理应顺其自然，却当成自家性命一样，如此胸襟眼界，难免身处富贵荣华便得意忘形，穷困贫乏则忧烦难耐，真是失去了本性、颠倒了本末。

某同学的事算是迷失做人本性的后一种表现，而迷失本性的另外一种表现"轩冕肆志"也不少见。古往今来，很多仕途中人初次登台或者从小舞台登上大舞台，便备感风光，快意溢于言表。唐代扬州章孝标，闻己进士及第，马上赋诗一首："及第全胜十政官，金鞍镀了出长安。马头渐入扬州郭，为报时人洗眼看。"踌躇满志之状跃然纸上，幸为刺史李绅所见，作诗告诫："假金方用真金镀，若是真金不镀金。十载长安方一第，何须空腹用高心。"章孝标读后非常惭愧，拜谢赐教，此后自省自励，成为当时有名的诗人。

其实章孝标只不过是一时的"肆志"，而且幡然悔悟，仍不失君子之风。冷眼看当今社会，那么多的台上人纷纷落马，岂止是"空腹用高心"？这种人为了高官厚禄，拉关系、走后门，无所不用其极，什么人格都不顾；一旦得遂"轩冕"之志，便腐化堕落恣意妄为，不择手段拼命敛财，什么理想、什么法纪，统统置之脑后；等到东窗事发跌进万丈深渊，却是做普通人的资格都没有了，如此咎由自取，事后忏悔又有何用？还有些人，当了官就觉得高人一等，处世张扬放肆，沉醉于一呼百诺的生活不能自拔，一旦离职便无端地认为没地位、没面子，连出门见人的勇气也没有了，再不能像常人一样地过日子。

"轩冕肆志"也好，"穷约趋俗"也罢，都是"丧己于物，失性于俗"

的表现形式，根源在于做人的品格不高、思想基础不牢。

庄子说："古之得道者，穷亦乐，通亦乐。所乐非穷通也，道德于此，则穷通为寒暑风雨之序矣。"有道德、有修养的人，深谙人情世事的道理，即便立身台上，依然会不忘初心，做人谦恭勤谨，处世如履薄冰；倘若身处台下，也能泰然处之，活出自尊、活出人格。

得道，是修身养性的成果。不为轩冕肆志，不为穷约趋俗，关键是改造思想，树立崇高的思想境界。一个胸怀苍生疾苦、立志民族大业的人，摆脱了狭隘个人主义的羁绊，只会把上台看作是一个奉献的机会，把职务看作是劳动岗位，把权力看作是时代重托，把荣耀看作是人民激励，哪里还会肆个人之志？等到哪一天下台，那不过是完成了历史使命，又有什么好失落的呢！

5. 容人之过是明智之举

当初我得罪老孙缘起两件事，一是要我把她儿子从系统外调进我们局，另一件事是让她儿子暂住我们单位两间房，这两件事都没有办成。一来单位进人需要层层审批，超出了我的职务权限；二来局领导班子其他成员不同意。

老孙认定是我没为她出力，便恼羞成怒，不但公开到我办公室吵闹，并且写匿名信、小字报对我进行人身攻击，一直到我调到新单位去上班，老孙依然不依不饶，背后歪曲事实乱说一气，见面爱搭不理，故意给我颜色看。

这事闹得我心里很是委屈，我又没做什么亏心事，一心一意为工作负责却得罪了人，尽管不再是同事，但"低头不见抬头见"，别别扭扭很不得劲。

其实我心里明白，老孙记恨我是她的要求没有得到满足，并不是我与她之间的个人行为造成的恩怨，假如是别人在这个局长位置，她同样会有意见。

有人说，又不是你的错，甭理她，她再胡说八道就追究她诽谤罪。

我想真要那么做，这个疙瘩永远解不开。说到底，老孙也不是十恶不赦，不过就是私心作怪而已。人心都是肉长的，只要我坚持沟通、礼貌待人，总有一天老孙能别过这个弯。

　　心里想通了，我的怨气也没了，无论什么场合，只要遇到老孙，我都很尊重地打招呼，一回、两回，老孙还脸红红的，日子久了，她也慢慢随和起来，家长里短地唠几句，不再那么给我脸色看。后来，借一次单独碰面的机会，我很歉意地对老孙说："我在局里负责的时候有些事情没有帮你办成，很不好意思了。"老孙赶忙说："别说了、别说了，也不能怪你，那时候就那么个条件。"再后来，老孙查出了重病，我听说后和老伴带了礼物去看望她，嘱托她好好休养、多多保重，不但她很感动，连在场的邻居也感到意外。

　　前嫌冰释，这正是我希望的结局。

　　近来读名人论与人相处之道，明代杨继盛说道："宁让人，勿使人让吾；宁容人，勿使人容吾；宁吃人之亏，勿使人吃吾之亏；宁受人气，勿使人受我之气。人有恩于我，则终身不忘；人有怨于我，则即时丢过。"这样做的道理，王守仁更说得明白："见人之为不善，我必恶之，我苟为不善，人岂有不恶我者乎？故凶人之为不善，至于陨身亡家而不悟者，由其不能自反也。"说白了就是不能以恶制恶、冤冤相报。

　　不排除这个世界上有圣贤，但作为日常交往，我们相处的都是普通人，都有这样那样的缺点。由于个性、学识、修养的差别和看问题、处理问题的立场不同，相处之间难免产生矛盾，而我们也不可能因此割断与他人的联系，处理好与他人尤其那些伤害过自己的人的关系，是经常面对的人生课题。

　　首先要有一颗平常心，包括自己在内，大家都是凡人，有缺点、有错误在所难免，即便别人的过错伤害到你，也应该看成是正常的社会现象。更重要的是要有容人之度、宽仁之心，一则能饶人处且饶人，以直报怨，为修复关系留有余地；二则"吃亏是福"，放过他人的同时，也解放了自己，避免给自身带来更多麻烦甚至招致无法收拾的恶果。

　　当然了，这种宽容只是适应人民内部矛盾，或者面对有缺点的好人，如果面对恶狼，是决不能做南郭先生的。

6. 墨守成规不叫守规矩

日常生活中人们熟知的一句话叫作"没有规矩不成方圆",认为这话很有道理并以此规范言行。其实,在遵循这一名言的同时,我们还应该牢记与之相辅相成的另一句话:"明者因时而变,知者随事而制。"这句话出自桓宽的《盐铁论》。

桓宽,字次公,汉代汝南郡人,宣帝时举为郎,后官至庐江太守丞。桓宽知识广博,善为文,著有《盐铁论》六十篇。

明者因时而变,知者随事而制,是说聪明的人会因时期的不同而改变自己的策略,有智慧的人会根据实际情况而实行相应的做法,其唯物、辩证的核心与共产党人提倡的从实际出发如出一辙。

规矩要不要守,毫无疑问,回答是肯定的,但是一成不变墨守成规也是错误的。就因为抱住规矩不放,我年轻的时候闹过一次笑话。

有一天晚上我陪政委下连队到战士们中间走走。夜黑,路也不好走。部队调防后,营房道路还在建设中。按照规矩,我走在政委身后。那时候我是政治处干事,曾经受过教育,抢在领导前面是不礼貌的表现。政委心情很好,边走边唱。突然,我听到"哎哟"一声,政委的歌声嘎然而止。我紧走两步,发现政委掉进路旁的树坑里了。尽管没有第三者知道,尽管没有做错什么,我还是觉得非常尴尬。从那以后,我无论在部队还是在地方，在一些特殊场合，我走在领导侧后而不是身后。

此后我常反思自己的性格和习惯。有些事情、有些时候、有些场合不能把墨守成规当作认真，如果对自己对他人对社会没什么益处，死啃教条把事情办糟了，这样的认真有什么用？

把政委陪进树坑，说来不过是我当年行事有些机械，还算不得什么原则问题，但实际上能够因时而变、随事而制，确实是一种思想境界。

我县（史称乐安）历史上曾经有一位贤明知县李方膺，文采出众，散文和诗词造诣颇深，且以画而名天下。更值得称道的是李方膺人品如梅，洁身自尊、不畏霜邪，官德也堪称后人楷模，以亲民、勤政闻名，获得百姓爱戴。1730年夏秋之际乐安大水成灾，万家漂橹，情势紧迫，李方膺未得上司批准，擅自开仓赈济，下令动用库存皇粮1200石，以工代赈，募民筑堤，缓解了灾情。后来又于兰山任内反对新任总督王文俊垦荒令，抵制勒索乡民，上书直陈弊端，触怒上司，被投入监，冤狱三年。

作为地方官吏，本应该上令下行、照章办事，但是李方膺偏偏坏了规矩，竟敢冒着丢官、坐牢、杀头的危险违反律条，说到底是李方膺为黎民百姓着想的宽广胸怀和思想境界。

守规矩并不是墨守成规，不能与创新发展对立起来。

纵观历史，新中国的创立与发展，正是马列主义科学、人类智慧结晶与中国革命实践相结合的产物。在战争年代，中国共产党根据革命的具体条件，创造性地制定出革命的战略战术，领导全国人民从胜利走向胜利，彻底推翻了帝国主义、封建主义的统治。在社会主义建设时期，中国共产党不断总结经验教训，摸索出一条符合中国国情的有中国特色的社会主义道路，通过改革、发展，使我们的国家变得越来越强大，我们的人民越来越富裕，为实现伟大的中国梦健步走在复兴之路上。所有这些成果的取得，决不是照抄照搬马列主义理论得来的。

　　因时而变、随事而制与坚守规矩是辩证的统一，在很多情况下，因时而变、随事而制甚至起着维系成败的关键作用。如果一味墨守成规，往往把事情办糟，那不叫守规矩，而是教条。且不说治国之策，作为平常人，我们日常处事也要从实际出发，把动机与效果一致起来，在坚持原则、遵守规矩的同时，发挥创造性、灵活性，以期达到理想的效果。当然，这需要思想的修炼和处事经验的积累。

7. 莫以地位论人品

一位族弟，大学毕业后几经跳槽，最后在北京谋得发展，事业做得风生水起，在人们眼中，此时他是一位成功人士，社会赞誉也纷至沓来。

当初在本地政府机关工作的时候，他是一个不起眼的小人物，就连一个副科级的考核都没有过关，可是现在，却常常被奉为上宾，无论人品，无论能力，都因为地位的变迁而如罩光环熠熠生辉。

我不否认随着时日的推移族弟完善了自己，但是俨然天上地下的评价，差别更多的是在于人们的主观认识。

宋代进士袁采所著《袁氏世范》中说："操履与升沉自是两途。"他说："操行、品德同地位的升降是两码事，切不可以说品德端正的人就一定应该光荣富贵，品德不端正的人就一定应该遭受窘迫。如果这样，那品德端正的孔子和颜渊就理应担任宰相等辅政大臣了，而古往今来的宰相和显贵的官员就再没有行为不正、见闻浅薄的小人了。"

袁采所述，是对社会实践的科学总结。诚然，古往今来，统治阶级在一定时期内总想提拔重用德才兼备的人来保证国家机器的运转，但是这不是绝对、永恒的真理，只是一种主观企图，实质上任何人的升迁沉浮都是由多重因素决定的，更何况在一些特定情况下，提拔、任用也未必是遵循正确的路线，因此地位并非一定代表品德、才能。

实际生活中，人们往往把地位与品德、才能画等号，总认为职位高的人必然比职位低的人更优秀，究其原因，是官本位意识作怪，也是形而上学认识论的反映，带有唯心主义色彩。当然，这种错误的认识方法，与附炎趋势不同，后者是主观上的错误行为，明知不对也要这么做；而以地位论人品，多是认知误区。即便如此，以这样的观点看待他人，难免会看错人，招致为人处世方面的失误；用这样的观点看待自己，也容易迷失自我。

我在一个政府重要部门工作的时候，属下是一群年轻的秘书，这些秘书都是从各部门优选来的，个个德才兼备。尽管我是他们的领导，而且比他们年长得多，他们对我也非常尊重，但是我知道这些年轻人出类拔萃，缺的只是阅历，假以时日，肯定能够担当重要的工作职务。我一点也不小看他们，除了发自肺腑地尊重、爱护他们之外，还鼓励他们，说现在我是你们的领导，你们将来在职务一定能赶上我、超过我。日后的事实也证明，我的预言完全正确。当时由于有一个正确的认识，关系处理得当，对年轻人也起到了正面的激励作用。

科学看待地位与品行的关系，对个人来说也是一种自知之明，有利于自身思想修养，诚如袁采所说："本来品德端正是我们应该做的事，不可以用这个要求收效于其他的事物。如果不这样，要求收效不见有效，那么品德端正之事必然懈怠；而所奉行的主张一发生变化，于是又会回到行为不正的小人行列中去。"我们确实看到，在现实生活中，由于理不清这个关系，有的人在不得志之时完全没有自信，因此禁锢了才能的发挥，甚至怨天尤人、颓废堕落；而稍有提升之后，便得意忘形，觉得因此高人一等，对个人的品德修养和事业发展产生消极影响。

明白了操行、品德同地位的升降是两码事这个道理，便不能以地位论人品，这一点对公职人员来说尤其重要。像袁采说的：知道这个道理，安然对待，就会省很多的事。

8. 以民为本，不尚空谈

一天我去超市购物，等我提着东西从超市出来，却发现车前玻璃上有一张罚单，拿起来一看，说是违章停车，我怎么就违章停车了？有点不解。看两位交警还没走远，便拿着罚单过去，问其中专管开罚单的那位："同志，我怎么就违章了，那不是停车位吗？"这位交警说："停车位不假，那是过去的，现在重新画的线，你看看一样吗？"我仔细一看果然有新画的停车线，我说："是有新画的，可是老停车位你们不处理，依然很清晰，你让人怎么想？要不你跟我过去，你看着不像停车位吗？"他不去，说："那是内勤科画线的事，与我没关系，我不管！"我有点意见了，便与他理论起来，眼看僵持不下，另一位交警过来，"老爷子，别生气，这事我们处理。"说着把我手里罚单收了回去。

事情虽然过去，但令我深思。作为公职人员，无论事大事小，代表的是政府形象，如此不负责任的言行，哪里能体现为人民服务的宗旨？

共产党领导下的人民政府，是为人民服务的，本质上传承了以民为本的思想。

我国历史上有很多关于以民为本的著述。《尚书·虞书·大禹谟》说："德惟善政，政在养民。"先秦法家管仲在他的《管子·治国篇》

中说:"凡治国之道,必先富民。"西汉思想家贾谊将以民为本视为国家政治生活的基本准则,"闻之于政也,民无不为本也。国以为本,君以为本,吏以为本。故国以民为安危,君以民为威侮,吏以民为贵贱。此之谓民无不为本也"。能不能为民众着想,给人民以好处,不但成为民众衡量统治阶级好与坏的试金石,也是成为约束官僚集团政治行为的准绳。这种以民为本的思想,从远古尧舜禹先王之治的仁政,一直到孙中山领导的三民主义革命,千百年来一脉相承。

以民为本,首要的是关注民生,改善民众物质生活条件,其次是顺应民心,从法制机制和精神范畴维护民众的利益和权力。纵观历史,社会实践中也确实有很多贯彻民本思想的杰出代表人物。西汉时,渤海太守龚遂赈灾民、选良吏、施教化、劝农桑,治理升平,后被《汉书》列为第一循吏。唐朝宰相狄仁杰为官不媚上、不阿贵,始终保持体恤百姓的本色,做大理丞到任一年,便处理了前任遗留下来的诸多案子,没有一人上诉申冤,后被称之为"唐室砥柱";北宋范仲淹"先天下之忧而忧,后天下之乐而乐";南宋陆游"位卑未敢忘忧国";清代黄宗羲"我之出而仕也,为天下,非为君也;为万民,非为一姓也";郑板桥"衙斋卧听萧萧竹,疑是民间疾苦声",无不彰显了以民为本思想。

中国共产党代表了无产阶级和劳动人民的根本利益,确立了全心全意为人民服务的宗旨,也正因为如此,才能得到广大人民群众的拥护,由小到大,由弱到强,领导人民推翻了封建主义、帝国主义、官僚资本主义三座大山。从某种意义上讲,所谓革命成功,本质上是以民为本思想的胜利。

新中国成立之后,社会主义建设事业的确经历过一些曲折,但是,在共产党领导下,人民政府为人民服务的宗旨没有变,尤其改革开放以来，现代化建设成就斐然，物质文明、精神文明程度极大提高，人民群众生活质量显著改善，这也是以民为本思想的有力体现。随着政治环境、物质环境、文化环境的优化，人们对政府服务的期望更高，而政府服务的态度、效果、质量，都是通过一个一个部门的工作人员，一项一项服务程序，一件一件具体事项来体现、来完成的。

其实，无论哪个部门，公职人员都有各自的行为准则，关键是执行不执行、落实不落实，而其中最为核心的，是有没有真正为人民服务的思想境界。

《论语》中有一个"子贡问政"的故事，说明国家的富强与稳定，须依赖发达的经济、坚强的军事实力和取信于民的政德，虽然三者都很重要，但民心最为重要，失去民心，这个国家便不能立足。"怨不在大，可畏惟人；载舟覆舟，所宜深慎。"这个道理，政府工作人员必须懂得。公职人员不能忘记为人民群众服务的初心，即便执法，也应该人性化服务，这关乎政府形象，也关乎个人的职业道德。

以民为本，不尚空谈，不能只是说说罢了。

9. 安分耐穷乃做人为官良策

明末清初理学家孙奇逢不但很有学问，一生著述颇丰，而且为人处世品行端正，在教育子弟方面有很多精辟见解，他亲自撰写的《孝友堂家规》和孙氏后人整理的《孝友堂家训》被世人奉为经典之作，至今仍有重要的借鉴意义。

孙奇逢在写给儿子的信中，曾告诫儿子"为尔计，要安分耐穷"。他讲述长辈居官清廉的史实，循循善诱，教育儿子明白做人为官之道。他说："尔祖宰武城，归里之日，仍以馆谷偿负债，尔祖母尔父，俱不免于饥寒。闻者见者，莫不怜之。吾鹿忠公独爱而起敬，谓非古之廉吏不至此。吾家沭阳公，以廉吏起家，尔祖能绳其武，我辈俱得为清白吏子孙，较以金帛田宅遗后人者荣多矣！"

可以想象，一县之长回归故里之后用教私塾的收入偿还债务，而且老婆孩子还在忍受饥饿和寒冷的折磨，他可能是贪官吗？被人称颂也就在情理之中了。更重要的是，孙奇逢不以贫寒为耻，并且很自豪地说，成为清白官吏的子孙，这比起那些以金银、田地、房屋留给后代的人来说光荣得多！作为封建社会的有识之士，孙奇逢的荣辱观念值得后人尊重。

"安分耐穷"，短短四字，折射出精神境界。安分，是指安于本分,遵守规矩,不谋求分外之利。在古代,就是要遵守理法约束,包括遵守约定俗成的道德规范、行为准则;在现代,还应该包含遵守政策、规定。这其中,道德观念、思想修养是前提,守分是行为上的后果,如果不懂礼、不懂法,丧失道德底线,便不可能遵守规矩,安分也无从谈起。耐穷是做人的优秀品质,耐穷的人无贪婪之心,经得起艰苦生活的考验,不会不择手段谋求生活质量的改善,因而不至于走上违法犯罪的道路,所以说耐穷的人也更容易安分。

最近几年,反腐倡廉之风席卷中国大地,腐败官员纷纷落马,一方面,我们为剔除蛀虫使党和政府的肌体得到纯洁拍手称快;另一方面,我们对各领域、各阶层揭露出来腐败现象感到震惊,也为那些曾经在社会主义建设事业中做出过贡献而后走上犯罪道路的人感到惋惜。腐败分子得到惩治是罪有应得。作为一种社会现象,我们究其根源,这些人之所以身陷泥潭而不能自拔,很重要的一个原因就是他们不安分,不耐穷。

与几千年的封建社会不同,新中国成立尤其改革开放以来,全国城乡人民的物质生活水平普遍提高,总体来说,政府机构、事业单位以及各行各业的管理人员、从业人员,已经不存在孙奇逢所说的饥寒问题,所谓的穷富之分,也不过是富裕程度的差别而已。有些人的不耐穷,绝不是为了填饱肚子而为之。

"奖励廉洁,禁绝贪污",是中国共产党一贯的主张,新中国成立前夕,毛泽东同志就曾提醒全党务必保持艰苦奋斗的作风,保持高度警惕,防止糖衣炮弹袭击。但是,非常遗憾的还是有许多人经不起和平环境的考验,在市场经济大潮冲击下,贪污腐败,最终沦为阶下囚。

能不能安分耐穷是世界观、价值观、荣辱观的表现,面对利益的诱惑，不同的人会有不同的反应。胸怀国家、胸怀人民的人谋求的是民族的利益、大众的利益，而一心一意只为自己打算的人，信奉的是"人不为己天诛地灭"，为了个人私利无所不用其极，更经不起花花世界的诱惑。

为什么看起来本来非常安分的人蜕变得不再耐穷了？简而言之，一则是私心随着身份地位的变化膨胀起来，当手握某种权力的时候，便有了捞取个人利益的机会。二则是虚荣心作怪，受铺张奢侈之风影响，为了讲排场、装门面便再也不能安分耐穷。三则意志不坚定，经不起市场经济的考验，面对送上门来的"好处"丧失警惕心、抵抗力，置法规政纪于脑后，最终走上贪污受贿的腐败之路。

腐败乃社会毒瘤，一害国家与人民，二害自身和家庭，唯有安分耐穷才是做人为官良策，过去如此，现在如此，将来仍然如此。

10. 言贵于当

陪副县长去市招待所见正在参加会议的副市长汇报工作，刚进房间，就听到走廊内有人大声喊："听说 X 副县长来了，我来问个事。"转瞬间有人进门，是胜利石油管理局的一位领导，没等在座的人客气，这位领导就一脸严肃地质问副县长，"咱们那个管线工程签订征用土地合同几个月了，为啥到现在一直没能动工？"接下来是说这个项目是省重点工程，投资数额巨大，如期完不成后果非常严重……那架势，说问个事儿，分明是问罪。

面对突如其来的情况，副县长一直面带微笑，耐心等这位油田领导把话说罢，副县长才缓缓说道："X 指挥，我可不是告油田同志们的状啊，合同是签了，可是……"后边就把油田施工单位没有兑现合同条款，盲目施工误挖了群众祖坟造成恶劣影响的事一一陈述出来。油田领导听副县长说完，情绪依然有些激动，不过原因变了。"只是向我汇报说不能施工，原来是这么回事，我马上回去找他们！"

我佩服副县长的沉稳，更佩服副县长的语言艺术——说不是告状，却结结实实告了一状！

几十年过去了，当时的那一幕在我脑海里依然生动。要说曾经从领导那里学习工作经验，这是其中对我启发非常大的一件事。

语言是表达思想意志的工具，子路说："一言而可以兴邦。"国家的生存兴旺既能系之，重要性不言而喻。晏婴两桃杀三士、触龙说赵太后、唐雎不辱使命、苏秦合纵抗秦、张仪连横亲秦等等，都是记述语言大师杰作的经典故事。

当然，一言兴邦不是每个人都有必要、有能力去做的事情，只不过表明语言的重要性而已，作为普通的社会大众，即便说话无关国家兴亡大局，但是讲究语言艺术也十分必要。战国经学家谷梁赤说，"人之所以为人者，言也。人而不能言，何以为人。"言下之意，为人处世，哪里能离得开语言？从某种程度上说，语言不但能反映人的品德节操，还能代表人的智慧和能力，文学家刘勰说过："一人之辩，重于九鼎；三寸之舌，强于百万师。"可见语言也是一种战斗力、生产力。

怎么样才能提高语言艺术水平，运用好这个工具？宋《二程粹言·论学篇》说："言不贵文，贵于当而已，当则文。"强调说话不一定要多有文采，重要的是要措辞恰当，如果措辞恰当就说明你这个人是有文化、有水平的。这个当，非常关键，至于如何说话才称得上得当，先贤们有很多高见。

苏轼说："有意而言，意尽而言止者，天下之至言也。"《左传》说："言之无文，行而不远。"梁元帝也说："言行在于美，不在于多。"其意均为言不在多，但求言之有物。其实这一点我们都有感受，倘若口若悬河、滔滔不绝，实则空话连篇、徒费时间，不但毫无用处，而且还很讨人嫌，甚至言多必失。

《论语》说："道听而涂说，德之弃也。"《左传》说："君子之言，信而有征，故怨远于其身。"是说说话要言而有据，毫无根据乱说一气很不道德，弄不好还会招惹是非。

荀子说："其持之有故，其言之成理。"言之有理这一点非常重要，因为有根有据有道理，你的见解才有力，别人才能信服。

《论语》说："言必信，行必果。"班固说："一声而非，驷马勿追；一言而急，驷马不及。"颜渊说："驷不及舌"。李寿卿说："一言既出，驷马难追。"这些都是说要言而有信，这既是为人德行，也是处世哲学。而做到言而有信，必须慎言，言出则必践行。

荀子说："与人善言，暖于布帛；伤人之言，深于矛戟。""赠人以言，重于金石珠玉；劝人以言，美于黼黻文章；听人以言，乐于钟鼓琴瑟。"是说做人要言出善念，不能恶语伤人，就像常言所说，良言一句三冬暖。

正所谓言如其人，言贵于当既是说话的艺术，又体现做人的原则。当然，古人关于说话之当的著述、名言远远不止这几个方面，虽然我们很难全部领会贯通，但是在日常工作、生活各个方面的社会活动中，说话时也要把握住一些最基本的原则。

要有从大局出发的观念，只有站得高看得远，才能把握事物的全面、主流和本质，说出的话才能切中问题的要害，才有分量。

要有与人为善的心态，说话要注意场合、区别对象，讲究语气、谨慎措辞，传达尊重、谦让的意愿，同样的事情用婉转的语言说出来，别人更容易倾听和接受。

要有策略表达的艺术。说话当然要实事求是，假话也有可能一时得逞，不过最终会被识破。实事求是没有错，但是理直未必一定要气壮。说话和办任何事情一样，要始终不忘初心，有礼有节有策略，运用、发挥好语言功能，毕竟取得成功才是目的。

此外，说话还要讲政治，说出的话要符合国家利益、人民利益，符合社会主义核心价值观,不能违反国家法律法规和政策,不能偏离创建文明和谐社会的轨道。

说话得当是一门学问,也是一个人意志品德、学识才华的综合反映。不否认一个人善于说话有天赋的成分,但在职场、社会这个大环境中,说话的水平更多是后天学习而来的,所以说要做到说话得当,必须注重涵养精神、吸收知识,加强在实践中的磨炼。

11. 急躁的毛病要改

　　王蓝田，名述，字怀祖，东晋时太原晋阳人，袭封蓝田侯，官至散骑常侍、尚书令。据史书记载，王蓝田生性豪爽，为人耿直，常常直言不讳，但是自幼性急，但经过世事磨炼，最终成为胸怀大度、处乱不惊的历史名人。

　　《世说新语》中有一个说王蓝田性急的故事："王蓝田性急。尝食鸡子，以箸刺之，不得，便大怒，举以掷地。鸡子于地圆转未止，仍下地以屐齿蹍之，又不得。瞋甚，复于地取内口中，啮破即吐之。"

　　只因筷子扎不到鸡蛋，即把鸡蛋扔到地上；看鸡蛋在地上旋转便用木屐踩；没有踩到便从地上捡起放入口中咬破而后吐掉，以此来发泄心中的怒火。一件小事，寥寥数言，层层递进，王蓝田急躁、暴怒的人物形象跃然纸上。

　　吃鸡蛋尚且如此，做其他事岂不性急，让人怀疑这样的人怎能成就大事？的确，王蓝田年轻时候遇事不冷静，喜怒皆形于色，往往心里想什么便脱口而出。他在丞相王导门下当吏员时，认为王导问话不妥便拒绝回答；同僚们称颂丞相如何高明，他却严肃地插话："人非尧舜，哪能件件事情都做得很好。"王导知道后并无计较，只说王蓝田与祖父、父亲一样不争名利，"但在旷达待人方面逊色多了"。

一般来说，为人处世，急性子算不得优点，如果急和躁连在一起，毫无疑问便是毛病。急躁的人遇事不经深思熟虑，全凭第一时间的直觉去说去做，甚至感情用事，如火药桶般一点就爆，很容易说错话、办错事，即使是好心也有可能做坏事，以致造成不可挽回的后果。急性子的急，看起来像行事麻利，实则欲速则不达，人们常说心急吃不了热豆腐，就是这个道理，而古人提倡"戒急用忍""三思而后行"，千真万确是经验之谈。

在封建社会的官场，王蓝田这样的急性子，如果不是遇到心胸宽阔的上司，碰钉子甚至丢官丢命都有可能。不过令人称道的是随着年龄增长和职场历练，王蓝田的急脾气大为改观，"既跻重位，每以柔克为用。"《世说新语》记载说，宰相谢安的哥哥谢奕性情粗暴，因一事不合，当面攻击谩骂王蓝田，王蓝田表情严肃地转身面壁，过了很久，才回头问身旁的小官吏说："走了没有？"听回答说已经走了，王蓝田才转身坐回原处。面对无端辱骂不怒不躁，可见王蓝田的性情已经磨炼得非常沉稳豁达。

古今一理，无论什么人，急躁有害无益，身在职场，尤其需要戒除急躁的毛病。

我在县政府办公室工作的时候，办公条件还比较差，工作人员常常为不能满足县长们用车犯愁。一次县长办公会上，县长说希望大家体谅困难，从大局出发，出远门、参加"装门面"的活动用好点的车，在本县内工作用车就谦让一下。县长的话让我联想到有的副县长抢好车、给亲友要车的事，一把无名火在胸中燃起，我"腾"地一下站起来，大声说："你能做到，别人能做到吗？"办公室主任质问县长，那口气震惊会场，县长一时无语，其他人面面相觑，场面十分尴尬。话一出口，我马上意识到错了，会后立刻找县长道歉。好在领导们大度，没人与我计较，只是这事让我在很长一段时间深感内疚。

其实这不是我第一次口无遮拦，当年在部队工作时就因为与副营长口舌之争影响了提拔，而我没有接受教训，此后才屡屡犯同样的错误。

物竞天择，适者生存，这个自然界的生存法则同样适用于人类社会。人生在世，如果完全由着自己的性子来，没有不碰钉子的，所以急躁的毛病要改。

虽说本性难移，但急躁的毛病还是能改的，古代的王蓝田能改，我们为什么不能？急躁反映性情，也反映修为和智慧，本质上属于精神层面的东西，而人的思想高度、精神境界都是可以提升的。如果一个人经过学习、磨炼、涵养，胸怀宽广、能够顾全大局，虚怀若谷、能够尊重他人，聪明睿智、能够审时度势，学识丰富、能够处变不惊，急躁的毛病还能冒出来吗？

12. 正确对待他人之过

"人非圣贤,孰能无过。"出自《左传》的这一名言被世人接受并广为流传。过,指过错,人人可能有,在社会生活中,正确对待他人之过,是处理人际关系很重要的一个方面。清汤斌曾著文专述如何对待他人之过。

汤斌,字孔伯,河南睢县人,清朝政治家、理学家暨书法家,官至工部尚书。汤斌为人刚直不阿,为官清正廉明,政绩斐然,史称"理学名臣"。

如何对待他人之过,汤斌有五点意见。

汤斌认为世人包括自身有过并不奇怪,重要的是有过能改。他说,"人非圣贤,孰能无过。吾辈发愤为学,必须实心改过,默默检点自己心事,默默克治自己病痛。若瞒昧此心,支吾外面,即严师胜友朝夕从游何益乎?"一针见血地指出,倘若有过不改,昧着良心表里不一、文过饰非,再好的老师、再好的朋友也无法帮助你,对你自身修养一点好处都没有。

正所谓:"将欲论人长短,先思自己如何。"对待别人的过错,汤斌认为要善于反思自己有什么不对,要从别人过错中吸取教训引以为戒,而不是当成话柄老是述说别人的不是。"自己吝于改过,偏要议论人过,甚至数十年前偶误常记在心,以为话柄。"正是这样的含义。这一点也很有针对性,现实生活中,不也时有"五十步笑百步"的人吗?

人的品行不是一成不变的,不能因为其人有一时的过失便断绝他自新之路,这一点完全符合辩证唯物主义认识论。"士别三日,当刮目相待。舜跖之分,只在一念转移。若向来所为是君子,一旦改行,即为小人矣。向来所为是小人,一旦改图,即为君子矣。岂可一眚便弃阻人自新之路。"这一道理举例而言:"问:昔者有过,今日无过,可谓之过乎?曰:昔者疾,今日愈,可谓之疾乎?只怕自谓已愈之时,仍是病人耳。"把一个已经痊愈的人还当作病人,这是很荒唐的。

要有正确的批评方式帮助别人改过。"背后议人过失,当面反不肯尽言,此非独朋友之过,亦自己心地不忠厚不光明,此过更为非细。以后会中朋友,偶有过失,即于静处尽言相告,令其改图。即所闻未真,亦不妨当面一问,以释胸中之疑。不惟不可背后讲说,即在公会中亦不可对众言之,令彼难堪,反决然自弃。"如果能够坦诚交流,对他人对自己,都大有好处。"交砥互砺,日迈月征,庶几共为君子。"如此相得益彰,又何乐不为呢?

"改过迁善,为圣学第一义,我辈勉之。"人是在不断纠正过错中成长进步的,改过迁善,居于学习圣贤的首要地位,关系到人的品质,也包含处事方法问题。改过,首先要认识到过,而后予以纠正,这是自我学习的过程、反思的过程、舍弃的过程,改造的过程,甚至可能是一个历经反复、充满痛苦的过程,最终人的道德品质、精神境界在这个过程中得到提升。

任何人不可能脱离社会而独处。日常社会生活中,对亲人、对朋友、对所接触到的任何人,只要他们的过错不是大是大非原则性问题,就应该多一些谅解，进行真诚的沟通，给予初心善意、方式妥当的批评，对增进人与人之间感情大有好处。倘若不思自己缺点只看别人毛病，一旦发现他人过错便抓住一点不及其余，当面不说背后乱说，这样的做法很不君子，只能无端制造矛盾、激化矛盾，于人于己于事都没有任何好处。

正确对待他人之过，在职场显得尤其重要。无论对上司、对同事还是对部属，正确看待一个人的优缺点、一个人的过错，能够优化工作环境，某些时候直接影响工作效率、质量，甚至影响到自己或者他人的仕途。

正确对待他人之过是一种品德修养，汤斌本人就是一个光明磊落、襟怀坦荡的人，所以他为人为官都得到世人好评，成为历史名人，他的处世态度包括他正确对待他人之过的观念，永远值得后人学习、借鉴。

13. 李方膺胸怀苍生为官

案头一部书，翻阅半年有余依然不舍收起，每每目光触及，珍爱之情油然而生，这书便是李方膺所修《乐安县志》。

李方膺，何许人也？

若知扬州八怪，必定亦知李方膺。作为"八怪"之一的李方膺文采出众，散文和诗词造诣颇深，更以画而名天下。

李方膺1697年生于南通州一个书香世家，1728年雍正皇帝更新吏治，李方膺以"贤良方正"受到举荐。先后担任山东乐安知县、莒州知州、兰山知县、安徽潜山知县、合肥知县，1751年从合肥知县位归隐，此后与一些著名的文人结为挚友，诗画为伴度日月，1755年因病卒于南通州。

李方膺生性正直、豁达，作品也如其人，用笔纵横跌宕，用墨酣畅淋漓，雄浑、恢弘之气喷薄于纸上。李方膺善画松、竹、梅、兰和草虫，尤以画梅见长，间作山水、人物，尽显豪放苍劲，水墨淋漓，风格独特。画梅以瘦硬见称，老干新枝，欹侧蟠曲。传世作品有《梅兰菊松图册》《秋菊图》《墨梅卷》《双勾竹石图》《苍松怪石图》《盆兰图》《风竹》等。郑板桥对李方膺的画艺极为佩服，他认为李的墨竹连圣手苏轼、文同都"畏之"。郑板桥在李方膺逝世五年后所作的《题李方膺画梅长卷》中称颂李方膺画梅为天下先。"日则凝视，夜则构思，身忘于衣，口忘于味，然后领梅之神、达梅之性，挹梅之韵，吐梅之情，梅亦俯首就范，入其剪裁刻划之中而不能出。""愚来通州、得睹此卷，精神浚发，兴致淋漓。此卷新枝古干，夹杂飞舞，令人莫得寻其起落，吾欲坐卧其下，作十日功课而后去耳。"

李方膺之所以为诗为画出类拔萃，一则源于天赋，二则勤勉好学。李方膺六世祖曾任明户部郎中，父亲两度做过京官，后任福建按察使，李方膺没有躺在祖宗功劳簿上吃老本，而是秉承诗书家风，勤苦读书，终于成为诗文书画无一不能的博学之才，与一些官宦家庭的纨绔子弟大相径庭。

李方膺人品如梅，洁身自尊、不畏霜邪，官德也堪称后人楷模，以亲民、勤政闻名，获得百姓爱戴。1730年夏秋之际乐安大水成灾，万家漂橹，情势紧迫，李方膺未得上司批准，开仓赈济，下令动用库存皇粮1200石，以工代赈，募民筑堤，缓解了灾情。1732年李方膺赴莒州任职，时为雍正八年洪水淹莒后两年，又加雍正九年蝗虫为祸，州内哀鸿遍野，百姓流离失所，人口稀少，李方膺上书皇帝，慨然陈词，奏报灾情，恳求赦免钱粮，获得恩准，特旨减免莒州钱粮。次年莒州再次蒙受冰雹风暴之灾，灾荒益重，民生不安，李方膺不顾官场迭次报灾的禁忌和同僚劝阻，再次为民请命，终于又讨取了"分别灾情地域，酌减田赋"的旨意。与此同时，他还张贴文告，招抚流民，动员农民生产自救，因此，莒州百姓生活状况大有好转。在莒州期间，他深入调查，深以战乱、天灾致典籍散失为憾，认为莒地"而数千百年以来，圣贤所居，豪杰崛起，忠孝节义，以及文人才士，炳炳烺烺，多可纪者。若缺而不修，非所以彰往事，示将来也"。因此，他在续修乐安志后，又题修莒志，历经一年成稿。

李方膺德才兼备，本可为国之栋梁，但由于为官清正，不善逢迎，自然官运不畅，李方膺自题诗曰"波涛宦海几飘蓬"，便是其为官多年的真实写照。他先是因在乐安私自开官仓赈灾被弹劾，又于兰山任内反对新任总督王文俊垦荒令，抵制勒索乡民，上书直陈弊端，触怒上司，被投入监，冤狱三年。李方膺自知县起始为官二十余年，未得升迁重用，反而屡屡遭受打击迫害，最后在合肥知县任上时适逢饥荒，李方膺自订救灾措施，且不肯"孝敬"上司，被太守加之莫须有的"贪赃枉法"罪名而罢官，晚年常常卖画以资衣食。人说"一年清知府，十万雪花银"，对比之下，李方膺为官清廉可见一斑。

"为官正不正，百姓心中有杆秤"，李方膺1735年被冤入狱，兰山、莒州一带农民成群结队带着鸡黍米酒前往青州监狱探视，狱吏不许他们见李方膺，老百姓就把带来的钱物、食品往监狱的高墙里扔，留下的酒坛子堵住了监狱的大门和甬道，以这样的形式表达对李方膺的拥戴和同情，宣泄对官府行为的不满。

由于亲感实受官场黑暗和百姓疾苦，李方膺把自己的爱与恨融入笔端，"自笑一身浑是胆，挥毫依旧爱狂风"，表达不屈服于腐败朝政的坚强意志；"愿借天风吹得远，家家门巷尽成春"，寄托了对劳苦大众的关怀和同情。从某种意义上讲，正是这种爱憎鲜明的情感，为李方膺的诗画作品注入灵魂、升华境界，从而成为传世艺术珍品。

世人多以诗画家评述李方膺，见过李方膺所修志书的人并不多，笔者有幸到广饶县史志办公室整理中华书局出版的雍正《乐安县志》，实为幸事。

古乐安即今山东省广饶县，有五千余年的人类居住史，有志始于明朝中叶，李方膺于清雍正十一年（1733年）重修《乐安县志》，故该志也称雍正《乐安县志》。志书洒洒洋洋二十卷十二万字，涵盖地理、人文、社会生活方方面面，图文列表，应有尽有，并且增补了60余年未载之事。时任登莱青道按察司副使刘柏在序言中称颂李方膺所修《乐安县志》："考据详明，瞭若指掌。""历岁之禨祥，山川之封浚，户口田赋之登耗，嘉言懿行之景烁，莫不秩然有条，灿然有文，赡而不诬，简而能括，龙门扶风之胜兼而有之。"用当今语言简而言之，就是行文有据、内容丰富、详略得当、条理清晰，颇有司马迁、班固史学大家的风范。

手捧古香古色的《乐安县志》，"八怪"之一李方膺跃然眼前，他于夏日行走旷野，实地勘察一方热土，冬夜灯下殚精竭虑，披沙沥金，成就了一部经典名志。成就自不必说，更令人钦佩的，是李方膺在主编《乐安县志》四年间，还先后任知县、知州之职。一位地方最高长官，在操持政务的同时亲自续修县志，其热心修史的历史远见，以及勤勉严谨的务实精神，不由令人肃然起敬。

"愿借天风吹得远，家家门巷尽成春。"这是李方膺在200多年前的一份祈愿。他留给后世的绝不仅仅是志书和诗画艺术；挺直脊梁做人，胸怀苍生为官，李方膺梅洁竹直浩然之气，爱民勤政殷殷之情，定然随着历史的"天风"，越吹越远。

治家

目次

1. 治家必须立本

一个家庭最不可或缺的是什么？财富？权势？还是名望？诚然，居家度日没有钱必然举步维艰；无权无势办点啥事往往比较难；倘若名望不济，大抵也有诸多不便。但是，最重要的并不是这些。

明代举人孙奇逢在《孝友堂家训》中说道："居家之道，须先办一副忠实心，贯彻内外上下，然后总计一家标本缓急之情形，而后次第出之，本源澄彻，即有淤流，不难疏导。患在不立本而骛末，浊其源而冀流之清也。"

孙奇逢这段话告诉我们，治理家庭，必须先准备一副忠实的心肠，并在家庭内外、上下得到充分体现，然后将全家的枝节和根本的情形，缓办或急办的事情总计起来，再一个一个地列出来，这样事物产生的根源清彻透明，即使有淤塞的地方，也不难疏导。令人担心的是不立下根本却追求末梢，浑浊了源头却希望水流清澈。

所谓忠实心肠，就是在一个家庭中树立符合中华民族优良传统的道德准则，我们可以理解为诚信、忠实、友爱、善良的浩然之气。体现在家庭内部关系方面，就是孙奇逢所提倡的父亲慈祥、儿子孝顺、兄长友善、弟弟恭敬、丈夫健康、妻子柔顺，归结为两个字，那就是和睦，和睦便是治家立本的核心。

和睦的道理，很多人都懂，但说起来容易做起来难。

前些日子，我亲族中一位叔叔和他的儿子关系有些紧张，引起事端的导火索是因为盖房。按照叔叔的想法，在农村盖房，和乡里乡亲盖的差不多就可以，而他的儿子却想设计现代化一些，父子意见不但达不成一致，最后还上升到是孝顺还是糊涂的高度。为了这个家庭的和睦，我劝叔叔：你年龄大了，让孩子们去盖，你请好住就得了；我劝堂弟：你掏钱盖房，就是为让老人欢心，你自己又不住，何必跟老人较劲？此后父子矛盾虽然有所缓和，但依然还有些别扭。

孙奇逢认为，治家比治国还要难，为什么呢？孙奇峰说，因为家庭近而天下远，家庭亲而天下疏，正因为近，感情就容易有所偏颇；正因为亲，法制就难以运用。

其实，家庭的和睦，很多时候不在于是不是运用了法制。我常常对朋友说，家庭和睦很多时候不是因为讲理或者法制，而是因为彼此之间的包容。

居家度日，引起家庭矛盾的很少是大是大非的争执，多数都是一些具体的生活枝节，有时候是为了一点点物质利益，有时候甚至无关利益，只不过是为了怄气，纠缠了枝节，忘记了和睦这个根本。岂不知，和睦是多少钱买不来的，是多少争执换不来的。哪怕经济拮据，哪怕灾祸袭来，如果一家人和和睦睦，这日子就还能过得下去；反之，纵然名门望族，纵然家财万贯，大吵一三五，小吵二四六，家庭生活好不到哪里去。

治家立本，创造和维持和睦的家庭环境，形成良好的家风，很关键的是家长、是长者。北周名人颜之推说过："夫风化者，自上而行于下者也，自先而施于后者也。"他说，父不慈就子不孝，兄不友爱就弟不恭敬，夫不仁义就妇不温顺了。

  这也是被社会实践多次的正确论断，由此也可见长者言谈身教何其重要。

  治家立本，追求的是和睦，讲究的是包容，但是，治家毕竟包括在治国的大范围之中，小事讲风格，大事讲原则，同样适用于治家。诚如颜之推所说，父虽慈而子要叛逆，兄虽友爱而弟要傲慢，夫虽仁义而妇要欺侮，那就是天生的凶恶之人，要用刑罚杀戮来使他畏惧，而不是用训诲诱导能改变的了。

  以颜之推的道理推而广之，家庭和睦是有原则的。从这个角度讲，治家立本，还必须弘扬中华民族传统道德，遵守国家法律法规，遵循社会主义精神文明规范，如此，才不至于迷失方向，以致抓了芝麻丢了西瓜。

2. 不慕"五色"方能白头偕老

游黄山,山林景色美不胜收,但留给我印象最深刻的,却是黄山的锁。在玉屏楼前迎客松旁,护栏索链上密密麻麻挂满了锁。那铁索链直径不过跟拇指差不多,链上挂锁,锁上加锁,锁连锁、锁包锁,这条名副其实的锁链足有碗口粗细,两端延伸到悬崖边,到底有多少锁无以数记。

据说,那锁是双双情人为了表示坚贞纯洁的爱而锁在山峰上的,人们称之为同心锁。一旦锁住,钥匙丢下悬崖,白头偕老永不反悔。当看到那锁的链条时,我深感震撼,那种群体性的爱情表白确实具有宏大的精神穿透力。

一把锁一个故事,所有的锁一个主题,那就是爱情。然而,爱情是永恒的主题,但并非所有的爱都是永恒的,同心锁的故事里也有悲剧——据说每年都有殉情的人在黄山跳崖自杀,每一次的飞身一跃,都标志着一个爱情故事的终结。

无从考察黄山殉情人有着什么样的爱情轨迹,又为何那么决绝刚烈,但是我们知道,这样的殉情仅仅是爱情词典中的一页。古往今来,爱情本没有固定的模式,也没有恒久的定论,常常包含玄妙、充满变数。从某种意义上来讲,发生爱情蜕变、婚姻解体的事情是难以杜绝的。

那么这种蜕变与解体的原因何在？读司马相如《报卓文君书》，或许得到启发。

司马相如，西汉蜀郡成都人，曾多年为官，文字华丽雕琢，多年来为人们津津乐道的是他与卓文君的爱情故事，相传两人曾多次以华美的文章传书致意，《报卓文君书》便是司马相如的经典之作。

司马相如在信中说，五味虽然甘美，也宁肯先食稻黍。五色虽然鲜艳，也掩盖不了韦带布衣的本色。我一定要和你结为夫妇共同生活。锦水里有鸳鸯，汉宫中有嘉树。读了你美好的来信，而回寄你这封信，以表达我一如既往的心意。我和你的爱情坚贞不渝，决不让白头时另生感慨。

"五味虽甘，宁先稻黍。五色有灿，而不掩韦布。"既是铿锵有力的爱情誓言，又是蕴涵哲理的爱情观。如果逆向推理，便可以得出这样一个结论：经不起"五味""五色"的诱惑，爱情就极有可能历经波折，甚至难得善果。事实上，人类自从有了爱情婚姻这档子事，多有"芳横无终日，贞松耐岁寒"，也不乏"信誓旦旦，不思其反"，就连世人称颂的司马相如与卓文君的爱情佳话，也历经千转百回。

相传当初先是司马相如抚琴"凤求凰"，继而"文君夜奔"，这爱情来得何等猛烈，然而司马相如事业稍成被举荐做官后，久居京城，赏尽风尘美女，竟然产生了弃妻纳妾之意，使得文君独守空房，年复一年过着寂寞的生活。无奈至极，卓文君以她的才情写出了多篇文辞美丽、情调哀伤而有充满真挚感人肺腑的诗文，最终用自己的智慧挽回了丈夫的背弃，促使司马相如打消遗妻纳妾的念头，使得"当不令负丹青，感白头也"的诺言成真。但不管怎么说，都抹杀不了司马相如在"五味""五色"诱惑下曾经动摇的事实。

现代社会对婚姻的冲击，又岂止是"五味""五色"？除去老生常谈的见异思迁、喜新厌旧，当今社会的所谓"开放"，把传统的爱情观、婚姻观冲击得溃不成军，形形色色的诱惑铺天盖地，围城内外之婚前同居、试婚悄然而行，"闪婚""闪离"已然合法，婚外恋、"一夜情"若明若暗，甚至"三国四方"乱成一锅粥也不足为怪，给爱情、婚姻的发展、变异留出了更大的空间。

也或者，有的爱情婚姻只不过是阴错阳差的某种巧合，本来就不具备牢固的基础；更多的爱情被物欲、权欲、色欲、情欲所污染，已经失去纯正、专一、独占的神圣。假如这些搀杂使假的爱情不能及时得到完善、锤炼、升华，当柴米油盐酱醋茶的同甘苦取代花前月下共浪漫成为生活主旋律，而围城之外的风景又在向围城之内的人频频招手，那些本不坚实的爱情大坝就会存在溃败的危险。

不慕"五色"方能白头偕老。黄山的殉情悲剧说明爱情不是同心锁能够锁得牢的。只有那些注重品德修养、志向高远、脱离了低级趣味的人，才能经得起花花世界的诱惑，为自己的爱情婚姻画上一个圆满的句号。

3. 孝之养心重于养身

朋友是位成功的创业人士，多年来供养父母吃穿住行、看病就医从不差钱，但是今年因为房子设计方案与父亲起了争执。父亲认为家居农村，旧房改造随从乡村环境，宽敞大方、坚固适用就好；朋友坚持平房当楼房设计，外观新颖、功能齐全，爷俩都不妥协，房子没盖成，还都憋了一肚子气，老子说儿子不孝，儿子说老子糊涂。

事情闹到这个地步，父子各有固执的因素，但是我认为朋友是矛盾的主要方面，因为朋友在城市有多套住房，从没打算回农村居住，这房子就是为父母盖的，何必钱都掏了却惹得父亲不满意？

明代举人孙奇逢在家训中说："色难，服劳奉侍，曾是以为孝乎？夫敬，不在养之外也；色，不在服劳奉养之外也。"核心意思就是说恭敬父母，给父母好的脸色，让父母开心，这些都是供养老人的内容。换言之，孝敬父母不单单是物质上的满足，还应该让他们心情舒畅才行。

实际上这是赡养老人中一个常见的养心与养身的关系，从某种程度上讲，孝之养心重于养身，因为每个人的物质条件不同，只要尽心尽力了，哪怕你给予父母的达不到他人的水平，父母也会理解，都会满意，相反，尽管付出很多，但让他们感到不顺心、不满意，这样的孝是不圆满的。

说起这种体会，不由想起父亲生前的一件事。一次父亲不慎摔伤头皮，我闻讯立刻带儿子陪他在医院做了处理，然后送回弟弟家，此后我每天都去探望，不巧的是每次去他都在睡觉，为了不打扰老人休息，也没叫醒他，直到第七天，我一进门父亲就面带恼怒说我没看他、不孝顺。听父亲那么说，我觉得很委屈，母亲在世的时候一直夸我孝顺，父亲这没来由的怪罪我一时受不了。但是想想人老了言语有点差池不奇怪，也不必计较，便忍着眼泪耐心解释，直到取得父亲谅解。通过这件事我也认识到，孝之养心比养身更不容易，当儿女的必须大度些，只要父母心情好，自己受点儿委屈也无所谓。

反观我的那位朋友，为父母的生活起居创造了优厚的条件，若说不孝实在有失公允，只是因为有点儿"色难"，让孝心打了折扣。

现实生活中，确实有不少人能够及时为父母提供钱财做生活之需，但是以忙于自己的社会应酬为借口，难得陪伴父母，冷漠应对父母的"唠叨"，更有个别人父母老死孤宅尚且不知道，如此子女，为父母花再多的钱也难说很孝顺。

老年人被理解、被尊重、被陪伴的愿望，比追求优越的衣食住行条件、比医治身体上某些小疼小痒更强烈，所以，除了照顾好他们的日常生活，做子女的更应该把他们的话当话听，尽量满足他的要求，哪怕做不到也让他知道是儿女尽心了。说到底，养心重于养身，孝顺一定不能忽视养心。

4. 顺适年高人之意是为孝

二十四孝有一个老莱子娱亲的故事，说春秋时楚国有位年过七旬的隐士老莱子，非常孝顺父母，为了讨父母欢心，专门做了一套五彩斑斓的衣服，走路也装出跳舞的样子，父母看了乐呵呵的。一天，他为父母取浆上堂，不小心跌了一跤，他害怕父母伤心，故意装着婴儿啼哭的声音，并在地上打滚。父母还真的以为老莱子是故意跌倒打滚的，见他老也爬不起来，笑着说："莱子真好玩啊，快起来吧。"

后人对老莱子的娱亲方式颇有微词，谓之不学无术、做法低俗。撇开争论，我觉得老莱子娱亲故事的主旨，是告诉人们让父母欢心是一种孝行，至少这一点还有积极意义的。

南宋进士袁采在家训《袁氏世范》中说道："年高之人，作事有如婴孺，喜得钱财微利，喜受饮食、果食小惠，喜与孩童玩狎。为子弟者，能知此而顺适其意，则尽其欢矣。"把取悦父母、让其欢心列为孝的重要内容。

袁采所述的"顺适其意"，既有物质方面的要求，又有精神方面的要求。赡养孝顺老人，离不开物质方面的照顾，但是，老年人由于客观条件的限制，生活圈子相对缩小，精神生活方面的要求更为迫切，做子女的应该对老年人多一些理解，知道他们需要什么、喜欢什么，千方百计保证和提高他们的精神生活质量。社会发展到今天,老莱子娱亲的做法不可取,但是"顺适其意""尽其欢"还需大力提倡。

我很赞成这样的说法:子女尽可能多的侍奉左右,陪伴在老人身旁,让老人没有孤独感,是具体的孝行。为父母的曾经无私地把爱奉献给子女,这种爱不能用物质标准衡量,也不能仅仅以物质生活来补偿。社会发展到今天,老年人物质生活困难少,而孤独感逐年增加,子女的陪伴程度很自然成为一种幸福指数,所以"常回家看看"必定不可缺少。

也有人说,孝顺、孝顺,没有顺,便谈不上孝。老年人被尊重的愿望更强烈一些,做子女的应该理解这一点,况且通常家庭内部没有根本的利害冲突,互相包容是家庭和睦的关键,子女在家务活动中尽可能顺从长辈的意见,切莫认为老年人已经退出了社会生活的主流,轻而易举地否定他们的意见,从言语行动上漠视他们,这实质上是一种精神伤害,如此行为,老人欢心何在?

让老人欢心,我有一个体会,就是把老人的话当话听,千万不能不当回事,更不能嫌麻烦。记得一次去弟弟家看望父亲,弟弟说老人家右手无名指有一点儿疼,到当地中医院请外科主任作了检查,确认没啥大问题,说热敷几次就可能好了。说话间,父亲凑到我跟前,让我看他的无名指,说等我空闲了陪他去请正骨医院的院长给瞧瞧。听父亲这么说,我立刻说:"需要看病啥时候都有空。"当即让弟弟开车,弟兄二人陪父亲去看手指。

我知道父亲的手指不会有大毛病,但老人家既然说了,就一定当大事、急事来办。说来也巧,院长恰好在门诊,听我说明来意,他很细致地问诊,确认父亲手指疼是因为有一点腱鞘炎。他凑在父亲耳边仔细给父亲讲解病情，说明诊疗方法，又亲自去药房取来中药。

回家的路上，父亲一直笑眯眯的样子。我知道父亲所以心情好，不是手指不疼了，而是拿他的话当回事。跟所有年事已高的老人一样，由于受各方面条件的限制，已经耄耋之年的父亲生活圈子越来越小，尤其母亲去世后，父亲独处的时间更多，孤独是难免的。设身处地想想，父亲被理解、被尊重、被陪伴的愿望，一定比医治身体上某些小疼小痒更强烈，所以，除了照顾好他的日常生活，及时陪他医治疾病，我们兄弟姐妹更把父亲的的话"当话听"，尽量满足他的要求，哪怕做不到也让他知道是儿女尽心了，让他体会到家庭亲情的温暖。老人们绝大多数是通情达理的，他们对儿女并无苛求，做儿女的只要不冷漠他们，他们也就满足了。

如今父亲已经故去了，但是在他的晚年，我们兄弟姐妹千方百计顺适其意，作为子女，我们现在回想起来也问心无愧。

子夏问什么是孝，孔子说，当子女的要尽到孝，最不容易的就是对父母和颜悦色，仅仅是有了事情，儿女需要替父母去做，有了酒饭，让父母吃，难道能认为这样就可以算是孝了吗？

5. 古人的孝之标准

孝是中华民族传统美德，孝道是民族文化的重要内容，《孝经》便是中国古代儒家伦理的经典著作。

《孝经》集中、系统地阐述了儒家孝道，从理论上规范了孝的意义以及标准。《孝经》说，"夫孝，天之经也，地之义也，人之行也。""人之行，莫大于孝"，千百年来，世人普遍认同"百善孝为先"，与孝道的传承不无关系。

《孝经》主张把"孝"贯串于人的一切行为之中，要求"始于事亲，中于事君，终于立身"，并根据人的身份规定了行孝的不同标准：天子之孝要求"爱敬尽于其事亲，而德教加于百姓，刑于四海"；诸侯之孝要求"在上不骄，高而不危，制节谨度，满而不溢"；卿大夫之孝要求"非法不言，非道不行，口无择言，身无择行"；士阶层的孝要求"忠顺事上，保禄位，守祭祀"；庶人之孝要求"用天之道，分地之利，谨身节用，以养父母。"

《孝经》尤其明确地规定了应该在哪些方面行孝、达到怎样的要求："孝之事亲也，居则致其敬，养则致其乐，病则致其忧，丧则致其哀，祭则致其严，五者备矣，然后能事亲。事亲者，居上不骄，为下不乱，在丑不争，居上而骄，则亡。为下而乱，则刑。在丑而争，则兵。三者不除,虽日用三牲之养,犹为不孝也。"

作为社会大众,平日对父母亲的孝行,只要做到《孝经》所说居、养、病、丧、祭之"五者备"就可以了。也就是说,在日常家居生活中,要竭尽对父母恭敬;在饮食生活的奉养,要保持和悦的心情去服侍,让父母开心;父母生了病,要带着忧虑的心情去照料;父母去世了,应怀着悲哀之情料理后事;对先人的祭祀,要严肃对待,礼法不乱。

这"五者"看起来很平常,也不过是我们日常所说的生养死葬,本是人伦大道,天经地义,没有什么好讨价还价的,似乎没有多难,但是,真正做到并不容易,因为所谓"五者备"是有标准的。居,致其敬;养,致其乐;病,致其忧;丧,致其哀;祭;致其严,这"五者"是不是做到了"致",还真的不能一概而论。

我们所见,现代社会能养老者不在少数,但是在恭敬、让父母开心方面,确实有些人做得不够好或者说不好。前年我在医院为父亲陪床,曾耳闻目睹了两件事:一位儿子怪罪父亲嫌他服侍得不好,没好气地说:"这不好那不好,谁能伺候好?你干脆跳孙武湖吧!"当父亲的那份无奈可想而知。还有一位儿子更为过分,他的父亲因为脑血栓大小便失禁,他便在父亲尿床后用巴掌打父亲的屁股,一边打一边大声呵斥:"告诉你尿尿说一声,就是不长记性!"孔圣人曾经说过:"今之孝者,是谓能养,至于犬马,皆能有养,不敬,何以别乎?"意思是说,仅仅能供养吃住而无尊重、恭敬之心,那和养狗养马有什么区别呢?这当然不能算是孝了。

伺候得不好,让父母生气,已是不孝,但尚且优于不管不问。就我们所知,并非一例单身老人死在家中无人知晓。不能陪侍左右,没有安排恰当的照顾,又不能及时探视,所谓的孝又何在呢?有些人认为自己忙于工作,能够寄钱回家就是孝顺了,其实做父母的更希望子女能多陪一陪,共享天伦之乐。面都见不上,又何来膝下承欢呢?客观说,有一定的社会因素,但这不是理由,确实有一些与父母相隔不远的人也难得经常看望父母,似乎节假日也勉为其难。子女如此这般的行为,做父母的哪里还有快乐可言?

如今社会上还有一些现象,古人没有预料,《孝经》也未曾提及,那就是"啃老""限老""坑爹"的行为。当儿女的不思谋怎么尽孝,却盯着父母的房产、钱财,冥思苦想变着法儿悉数归到自己名下,娶妻、生子、买房、买车,当父母的不掏钱那便就是罪过了。还有的子女,列出种种理由,限制父母经济开支,限制老人居住权,反对单身老人再婚。这种人说到底就怕父母多花钱,怕父母的钱落到他人手里。更有甚者,不学无术、不务正业,惹是生非、违法乱纪,最终还要让父母来"擦屁股",摊上这样"坑爹"的儿女,当父母哭都来不及,还有什么晚年之福?

诚然,随着社会的发展,老年人同样享受着社会主义物质文明、精神文明建设的成果,老年人得到来自于社会与家庭的更多照顾,但是用古人孝之标准衡量,社会生活中,一些子女尽孝方面还是有差距的。我们应该传承、借鉴古代孝文化理论,实践社会主义核心价值观,在让老年人安享晚年的同时,提倡厚养薄葬、丧事简办,从理论和实践的结合上,创建更进步、更文明的孝道文化,在全社会蔚成行孝之风。

6. 生死维持手足情

这题目有点大，不过这不是我发明的，而是出自明代御史庞尚鹏所写的《庞氏家训》，原文为"骨肉天亲，同枝连气，凡利害休戚，当生死维持。"其核心意义是维护亲情，当然也包括同胞手足情。

维持兄弟情谊，历来为人们看重，并多次写进家训。

对于维持手足亲情的道理，清进士张英《聪训斋语》中有一段精辟的论述：法昭禅师偈云：同气连枝各自荣，些些言语莫伤情；一回相见一回老，能得几时为弟兄。词意蔼然，足以启人友于之爱。然予尝谓人伦有五，而兄弟相处之日最长。君臣之遇合，朋友之会聚，久速故难必也。父之生子，妻之配夫，其早者皆以二十岁为率；惟兄弟或一二年，或三四年，相继而生，自竹马游戏以至鲐背鹤发，其相与周旋，多者至七八十年之久。若恩意浃洽，猜间不生，其乐岂有涯哉？

所有亲人之中，兄弟相伴时间是最长的，如果处得好，这种天伦之乐无涯无际。张英还举例周益与其兄乘成诗酒相娱终其身、章泉赵昌甫兄弟相从于泉石之间的故事，称颂"真人间至乐之事，亦人间罕有之事也。"

事实上，有些人并不懂得这个道理，或者说对这个道理体悟不深。明末清初著名理学家张履祥在《训子语》中说，兄弟手足之间的道理，是人人都知道的，但他们实际上都不曾深深地体悟。为什么不去力求思考手足融为一体？要托重物一定都托重物，要出行一定都出行，要舒适一定都感到舒适，要痛苦一定都感到痛苦，如果一个半身不遂一定都会感到不安，如果一人大拇指或小指旁多长出一个手指来，一定都会感受有阻碍，因此即使是把他们兄弟俩分开了，他们的气息也会连在一起啊。

中国历史上，有过许多兄弟和睦的故事，著名的如季札让位、孔融让梨、姜肱大被、司马光侍兄、苏轼苏辙兄弟患难与共、班固班超兄弟情深……这些兄弟和睦的人间佳话，之所以多年来传唱不休，是因为其中不仅包含血缘亲情，而且已经成为了思想文化的传承，代表了中华民族优良传统道德。

古人说兄弟感情需要生死维持，也是有根据的。明末清初著名的理学家、文学家陆世仪《陆浮亭思辨录》曾讲到兄弟不和的现象："人所最不可解者，是兄弟嫉妒，彼秦越之人，漫不相关，尚或喜其富，慕其贵，惟兄弟之间，一富一贫，一贵一贱，则顿起嫉妒，彼其心，以为势相形名相轧耳。""兄弟富贵，而不念贫贱者，其人固不足言，若自己贫贱，而嫉妒兄弟之富贵，则在贤者亦往往不免，盖起于先分形迹。见得他人富贵，不知父母同胞，有何形迹？"

当年曹植屡受皇帝哥哥曹丕的猜忌和迫害，他用七步诗表达了内心的悲伤与痛苦，这是一个兄弟相煎的典型案例，而祸患的根源无非是名、权、利之争。

兄弟不和，必然是齐家之大碍，也影响家庭内外形象，诚如陆世仪所说："骨肉构难，同室操戈，天必两弃，从无独全之理。""一分形迹。早已为他人觑破。一文不值也。"

家庭是社会的细胞，兄弟和睦是社会和谐的组成部分，所以，即使到今天，这种传统美德也值得发扬广大。当然，我们还应该把这种和睦精神推而广之，提倡讲亲情、讲道德，识大体、顾大局，以"生死维持"的精神，把兄弟之间的和谐推延至整个家庭、家族乃至全社会的和谐，从而提高社会主义精神文明建设的水平。

7. 齐家的关键是忍让

最近一位网络朋友说她很苦恼,原因是她年逾六旬的父母闹离婚。她说从记事家里就没安生过,父亲脾气异常暴躁,而母亲非常执拗,几句话说不着就互相打骂,并且老夫妻从年轻收入开支均 AA 制,过日子就像"一家两制",现在终于忍无可忍决定离婚。

家庭矛盾表现种种,夫妻不合只是家庭不和睦现象之一。前年我在医院为老父亲陪床,亲耳听见隔壁一位儿子在责怪脑中风的父亲:"和你说要你尿尿说一声,你为啥不说又尿床上?"之后是类似巴掌拍在屁股上的声音。如此不孝行为,已非不睦能包括,简直达到丧失人伦的程度。此外类似婆媳不和、姐妹抢遗产、兄弟大打出手,致成出走、争讼甚至刑事案件的,也时有所闻。

家是最小国,国是千万家。作为社会细胞,家庭和睦彰显社会文明,也只有千千万万家庭的和睦才有民族、国家的和谐。"修身齐家治国平天下",齐家向来为人们所重视。

明代状元、理学家罗伦,曾经对齐家有过简明扼要而非常精辟的论述。罗伦说:"盖未有治国不由齐家者,何谓齐家?不争田地,不占山林,不尚斗争,不肆强梁,不欺乡里,不陵宗族,不扰官府,不尚奢侈,弟让其兄,侄让其叔,妇敬其夫,奴恭其主。只要得一'忍'

字,一'让'字,便齐得家也。其要在子弟读书与礼让。"

罗伦这段话包含四层意思。

"未有治国不由齐家者",首先强调齐家的重要性。《礼记·大学》中说:"所谓治国必先齐其家者:其家不可教,而能教人者,无之。故君子不出家,而成教于国。孝者,所以事君也;悌者,所以事长也;慈者,所以使众也。""一家仁,一国兴仁;一家让,一国兴让;一人贪戾,一国作乱。其机如此。此谓一言偾事,一人定国。"正所谓"家是最小国,国是千万家""一室之不治,何家国天下之为?"

其次讲了齐家的内容:所谓齐家,就是不因田产而起争执,也不要私自侵占公有山林,不崇尚勇武斗力,不可放任无理,不败坏乡里的风俗,更不可欺陵弱小族亲,不仗家势而扰乱官府,戒除豪奢的风气。在家里,子弟要礼让兄长,对叔伯要尊敬。妇人家应守妇道,敬重夫。家仆应恭顺主人。涉及的方面看似很多,但核心意义是和睦,内部是家庭和睦,外部是邻里以及社会和睦。

至于如何达到齐家的目的,罗伦说不外乎忍让。所谓忍让,就是包容之心、尊让之仪,要胸怀宽大,包容他人的弱点、缺点甚至错误;要知尊卑、讲礼貌,舍得让名让利。这一点实在太重要了。在现实生活中,我看到很多的家庭不和谐甚至悲剧,根源就是缺乏忍让造成的。

忍让的基础是什么?《礼记·大学》中说:"古之欲明明德于天下者,先治其国;欲治其国者,先齐其家;欲齐其家者,先修其身;欲修其身者,先正其心;欲正其心者,先诚其意;欲诚其意者,先致其知,致知在格物。"突出了修身的基础作用,用罗伦的话说,就是"要在子弟读书与礼让"。也就是采取教育的手段,通过增长学识,明白道理,有了这样的思想基础,才能有生活中的忍与让。

和睦从忍让中来，忍让从修养中来，修养从教育中来，不可否认社会主义精神文明教育的成果，但是，目前在家庭和睦方面，依然存在很多问题，有的问题甚至非常严重。因此，这种针对家庭和睦的道德品质教育，尤其优秀传统道德理论教育，必须是长期的、细致的、深入的，这一点，无论整个社会、无论每一个家庭，都应该有清醒的认识。

8. 做有品位的洁净人

康熙皇帝在《庭训格言》中专门要求皇子们居家在外均须洁净，他说："尔等凡居家在外，惟宜洁净。人平日洁净，则清气著身。若近污秽，则为浊气所染，而清明之气渐为所蒙蔽矣。"

切莫以为泱泱大国之君关注清洁卫生是事无巨细，若能认真领会其间含义，一定大受裨益。

洁净最直接的效果是能够创造卫生、优雅的生活环境，毋庸置疑对人的身心健康有极大裨益。但是，康熙这一庭训的意义绝不仅限于此，他告诫儿孙：洁净则清气上身，污秽则浊气蒙蔽，他把洁净上升到了为人修养的高度。其实也不难理解：洁净反映生活品位，洁净需要付出劳动，只有那些处世讲究、做事勤谨的人才能做得到。而"一室之不治，何以天下家国为？"很难设想一个居室浊乱不堪、面容污秽、行为邋遢的人会有什么高素养、大作为，康熙应该是深谙此理的。

历史发展到今天，康熙洁净的思想并没有过时，社会主义核心价值观赋予洁净更高的要求。讲求卫生文明，养成良好的生活方式和行为习惯，能够改善生活环境，提高健康水平，进而为建设物质文明、提高人民生活水平创造条件。

洁净也不仅仅局限于居室整洁、个人洁净。一个开放的社会，每个人都在社会大环境中生活,一个人的卫生文明,会在一定范围内影响社会;而大众的洁净卫生状况,又代表着社会精神文明的程度。

不否认社会主义精神文明建设的成果,但就全社会而言,彻底纠正旧社会沿袭下来的不良生活习惯,推进卫生文明新风尚,彻底根除诸如随地吐痰、公共场所吸烟、乱扔生活垃圾等陋习,还需要做大量的工作。随着社会经济的发展,人们物质生活水平极大提高,也丰富了洁净的内容。比如说满街跑的家庭汽车,本来是城市的风景线,但是我们时常所见有的车满身灰尘,走到哪里都大煞风景,一看就知道车的主人"为浊气所染,而清明之气渐为所蒙蔽",是个懒惰、没有品味的人。再比如旅游景区的洁净文明,越来越受到人们的关注,但是,乱踩、乱画、乱扔等不文明、不和谐现象仍时有发生。

社会发展了,温饱已经不成问题,人们追求更高的精神享受,这其中非常重要的内容就是洁净的生活环境,实现卫生文明是时代的要求,而洁净的生活环境要靠每一个社会成员的共同努力。

洁净是精神文明的标志,古人尚且倡树洁净之风,今人更应该发扬光大。实践洁净的过程,于个人就是修养品德的过程,于社会就是提高整体文明程度和综合素质的过程。在享受现代物质文明的同时,我们要进一步讲究卫生,陶冶情操,遵守公德,为提高全社会人民群众的生活质量做出自己贡献。

洁净是一种品位;做人,就应该做有品位的洁净人。

9. 丰岁须为歉岁忧

元代农学思想家王祯继承前人研究成果，总结现实的生产经验，编撰出近十四万字的《农书》，这本农事专著具有显著的时代进步性，为元代农业生产的发展与繁荣做出了巨大贡献，时至今天，尽管社会经济状况与元代不可同日而语，但王祯《农书》中很多思想观念依然富有借鉴意义。

在《农书》蓄积篇中，王祯说："大抵无事而为有事之备，丰岁而为歉岁之忧，是故国有国之蓄积，民有民之蓄积。当粒米狼戾之年，计一岁一家之用，余多者仓箱之富，余少者儋石之储，莫不各节其用，以济凶乏。"这段话扼要的意思是说无论国还是家，都要有一定的粮食积蓄，居家度日必须计划、节俭，无论贫富都要留有余粮以接济灾年。王祯还说："今之为农者，见小近而不虑久远，一年丰稔，沛然自足，侈费妄用，以快一时之适，所收谷粟，耗竭无余，一遇小歉，则举贷出息于兼并之家，秋成倍称而偿之，岁以为常，不能振防。"进一步指出奢侈浪费没有积蓄的严重后果。

王祯所处的是农耕时代，从某种程度上讲，粮食储备是一般家庭财富多少的象征，所以蓄积篇以粮说事，主张的是量入为出、有备无患的理财观念。

历史发展至今，社会已经不再是单一的农业经济，家庭财富更不是以粮食储备衡量，尤其改革开放以来，大众物质生活水平显著改善，人们的理财观念、消费观念发生了深刻的变化，特别是超前消费意识对传统理财观念造成强烈冲击。"有钱办事，没有钱也要办事""花了是钱，不花是纸"这样的理财、消费观念很是普遍，可以贷款办企业，可以贷款买房、买车，可以信用卡透支满足生活中的需求，似乎"巧妇难为无米之炊""看菜吃饭，量体裁衣"这样的说法已经过时了……

多渠道融资是创造更多社会财富的手段，超前消费是对社会经济发展前景的肯定，我并不排斥；但是，我同样认为传统的量入为出、有备无患理财观念依然有很现实的指导意义。

近年来我经历了两个与家庭理财有关的事件。

一件事，是一位族侄女本来小生意做得好好的，忽然头脑发热，一下子启动四个连锁店，由于缺乏资金，便借下了高利贷，未及盈利，资金链断裂，所有进货被人抢光，高利贷债主逼上门来，连提供担保的娘家也被抢，不得已出逃躲债，惶惶不可终日。

另一件事，一位同学老两口都是退休职工，有一定的收入，但是平时花钱比较大方，除了生活消费水平比较高，还经常外出旅游，年复一年，"老本"所剩无几。可是天有不测风云，老同学去年查出重病，连续两次手术，后续治疗也花费不菲，尽管有医疗保险报销，但是自费部分仍然不是小数目，指望孩子负担也显被动，真是"早知今日，悔不当初"。

倘若坚持量入为出，坚持"各节其用，以济凶乏"，能陷入如此被动境地吗？

不可否认，随着经济的发展，社会财富、家庭财富是增加了，改善生活水平、提高生活质量是理所当然的事,但是,这种富足还处于发展阶段,还有很多的不平衡,那种盲目超前消费的做法实在不可取。

中华民族有着优良的节俭传统,有着丰富的理财经验,这是古人留给我们宝贵的精神财富。"历览前贤国与家,成由勤俭破由奢。"人无俭不立,家无俭不旺,国无俭必亡,这是已为历史证明的真理,所以,无论社会演变得如何富有,节俭办事、节俭持家的好传统绝不能丢。

"无事而为有事之备,丰岁而为歉岁之忧。"这应该成为我们修身之本、治家之策,决不能让老祖宗留给我们的好经验淹没在市场经济和改革开放的大潮中。

10. 从范仲淹欲烧嫁妆说起

　　宋代进士吕祖谦在《戒子通录》中讲述了范仲淹欲烧嫁妆的故事。范仲淹的儿子纯仁结婚的时候,听说女方的嫁妆有用丝织品做的帷幕。范仲淹知道以后很不高兴地说:"丝织品难道是做帷幕的材料吗?我家向来清廉节俭,怎么能让这事乱了我的家法?这样的奢侈品拿到我家来,就应当在庭院里烧了。"

　　范仲淹,字希文,北宋著名的思想家、政治家、军事家、文学家。范仲淹苦读及第,历任知州、参政知事等职,一个终身为官的人,想来家境不会多么贫寒,但是他却因为丝质帷幕大动肝火。

　　前不久网传某明星娶妻,购买豪宅、千万钻戒以及聘金、婚宴花费两亿之巨,其奢靡程度令人瞠目结舌,更可怕的是这样的一种奢靡还得到很多人的赞美和羡慕。

　　我们的国家是一个文明古国,我们的民族是具有优良传统的民族,向来有勤俭节约的美德。勤劳与节俭相辅相成,缺一不可,从某种意义上讲,节俭甚至重于勤劳。

　　清代思想家孙奇逢在教导子弟时曾引用一位先贤博雅的言论:"只勤劳而不节俭,则一年的辛勤劳累,还抵不上一日的奢侈浪费。《尚书》说:'谨慎小心是节俭之德,只有怀有这种品德才能家业牢固。'孔子说:'举行礼仪,与其奢侈,宁愿节俭。'似乎节俭更重要些。"

节俭是走向富裕、长治久安的治家、治国之策,管子在《形势解》中说:"人惰而侈则贫,力而俭则富。"汉章帝刘炟以"节用储蓄,以备凶灾"作为国策;司马光说:"多求不如省费。"用今天的话来说,节俭于创建物质文明意义非凡。

节俭还是养身、养心良策,对于这一点,古代名人多有训言。《周书·韦孝宽传》说:"俭为德之恭,侈为恶之大。"司马光《训俭示康》说:"俭则寡欲,侈则多欲。"清·魏禧《目录里言》说:"凡不能俭于己者,必妄取于人。"清·钱泳《履园丛话·安安先生》说:"惟俭可以惜福,惟俭可以养廉。"都说明唯有俭朴的生活,才可能得到持久的平安与幸福,可以培养廉洁的作风和品质。

时代不同了,如今人们的富裕程度、生活水平今非昔比,但是这并不代表就可以丢掉节俭的传家宝。一方面,我们国家是一个发展中的大国,人均资源短缺、物质财富还没有极大丰富是无可争辩的事实,部分人奢侈豪华的生活不代表国人共同富裕的程度,艰苦奋斗、勤俭节约的精神绝对没有过时。另一方面,即使国家足够发达了,我们的生活真正富足了,勤俭节约的美德也不能丢。从做人的角度看,俭以养德,俭以养身,只有涵养节俭品德,才能杜绝物欲横流的非分之想,对个人、对家庭、对社会释放出文明和谐的正能量。反观时下社会,且不说因为追求浮靡引发的社会不稳定,就拿婚事操办来说,有多少家庭在排场、体面这样光鲜的背后吞咽着经济拮据、家庭纠纷的苦果?

不是吃不到葡萄便说葡萄酸,更没有对名人、富人不恭的意思,只是读古人之训，有些感想。一个千古流芳的封建社会宰相级人物，认为丝织帷幕已经是不可接受的奢侈行为，当今因虚荣、攀比而愈演愈烈的大操大办、铺张浪费、奢侈浮靡之风，是不是值得我们反思呢？

11. 许汝霖婚嫁观思辨

清康熙年间进士许汝霖是一个有学问、明事理的人,为官清正廉明,做人勤谨俭朴,他在家训《德星堂家订·嫁娶篇》中,提出了一些很具体的婚嫁意见,表现了他不囿于世俗的思想和作风,在当时的封建社会,可谓是具有进步意义的文明举措。现在读《嫁娶篇》,依然感觉许汝霖的观念和做法很有借鉴意义。

许汝霖认为"伦莫重于婚姻",非常明确地指出了婚姻的重要性。婚姻是构建家庭关系、延续生命的必然手段,在这个过程中,当事男女自婚嫁而始开启注入更为精彩生活内容的生命新阶段。古往今来,人们都知道"男大当婚女大当嫁",但是,泛滥的肉欲、物欲、名欲往往扭曲对婚姻自然属性的理解,对婚姻的社会属性构成威胁和损害,所以有的人仅仅企图通过婚姻谋取名利、改变命运,而在目的达到后,婚姻的基础就有可能动摇。现代社会开放的性观念,更对婚姻的严肃性形成巨大冲击,不负责任的闪婚、闪离、婚外情,诱发严重的社会问题,与许汝霖伦理为先的观念不相符合,确切地说,这不是社会的进步,而是人伦道德的沦丧。

许汝霖说:"古人择配,惟卜家声;今则不问门楣,尚求贵显。"诚然,婚姻的核心是夫妻,首先是两个人的事,讲求门当户对确是一种违背婚姻自然属性的陈规陋习,但是,把物质条件作为择偶首要标准更是错误的。如果把婚姻当作谋求功利的跳板,往往更看重对方的家庭地位和财富,忽略了人的品质、门第名声以及感情基础,以至女方家庭在未嫁女之前,一味索要钱财,而男方家庭娶了媳妇之后,又责怪嫁妆太少,双方相互指责怨恨。许汝霖批判的这种社会现象,当今社会也还是存在的,我们看到有些夫妻婚后不和甚至闹起离婚官司,实际是在婚前就埋下了伏笔。

《嫁娶篇》有段话说到聘礼和婚嫁仪式。许汝霖说,古代流传下来的婚俗六礼,朱文公(朱熹)家训中把它们合为三礼,所以"事贵适宜,何烦缛节"。他说男方只求使者送信给女方,问其姓名,原本没有不必要的开支。如果男方地位职位是在士农工商四民之内,田产仅有百亩,聘金可以不超过十二两银子,绸缎也只要几匹,最多达到六十、八十两,数量增加一点也是可以的。最少则十两、八两,减少一点也没有妨碍。这样一来,"度力随分,彼此俱安"。还说:"亲迎之顷,舟车鼓乐,仪从执事,一切从简,总勿狥时。"总的来说就是不要讲排场。这一点与我们提倡的文明节俭办婚事是一致的。

着眼于长远的婚后生活,许汝霖认为,"若夫女家嫁赠,贫富虽殊,而荆布可风,总宜俭约。纵有厚资,不妨助以田产,资以生息,使为久远之谋。切勿多随臧获,厚饰金珠,徒炫耀于目前,致萧条于日后。至于宗亲世胄,丰俭自有尊裁,赠遗岂敢定限?但求有典有则,可法可传。则所裨于风俗固厚,所贻于儿女亦多矣。"这里边可以理解其中三层含义:其一,依据贫富程度,陪嫁应量力而行,就是粗布便服亦值得赞扬,总应该勤俭节约。其二,如果女方家产丰厚可以陪嫁田产,使这些成为新婚夫妇长久的生活来源。这相当于授人以渔,自然比授人以鱼好多了。其三，不必追求随从奴婢多少和金钗珠宝的光鲜亮丽，还是讲求实惠好，这样留给儿女的实则更多。

许汝霖《德星堂家订》是留给世人的精神财富，当然更是许氏家族的传家宝，许氏后人一直遵从《德星堂家订》的训诫。许汝霖二十一世孙许伟平儿子大婚，婚宴一切从简，不讲排场，只宴请十一桌宾客，省出三千元捐给慈善机构，这种文明家风的传承获得了世人称赞。

许汝霖曾身居高位，自然不是贫寒门户，他的家训更多是针对家境不错或者还过得去的人家，制定的婚嫁花费标准未必适应全社会，但就其本质来说，视婚姻为人生大事、从实际出发、提倡简朴、着眼长远的观念是完全正确的。我们应该继承古人优秀婚嫁思想，批判和抵制当今社会把婚姻当儿戏、择偶看地位财富、婚嫁大操大办等等不良之风，推进社会主义精神文明建设。

12. 俭朴文明办丧礼

华夏民族历来重视丧葬，在新中国成立之前，尤其崇尚厚葬。

厚葬由来已久，一个重要原因是迷信思想作祟，人们认为还有一个阴间，为了使死人在阴间过得好，就必须在丧葬时发送好，按照阳间的生活模式安排葬仪、葬物，让死者在阴间也能享福。另外一个重要原因，就是厚葬被看成孝道行为。孔子在解释孝道时就说："生事之以礼，死葬之以礼，祭之以礼。"孟子则更强调了送终丧礼的重要性，他认为："养生者不足以当大事，惟送死可以当大事。"这种孝道的历史传承，逐渐在人们心目中形成丧葬越排场、越隆重便是越孝的观念。此外，厚葬被看成是社会等级、经济条件和身份地位的象征，所以皇室贵族、达官贵人、富甲豪绅举办丧事必定极尽奢侈豪华之能事。

厚葬表现在很多方面，比如：选择上好的吉壤做坟地；建造规模宏大的墓室；放置大量随葬物品（甚至包括活人）；选择安葬的良辰吉日；举行盛大的丧葬仪式；营造大规模吊唁、送殡场面等等。旧社会，在厚葬治丧思想影响下，即便不富裕的人也有借贷、募捐、卖产埋葬的事情发生。

有史以来，厚葬典例举不胜举：秦始皇陵出土的陪葬俑，步兵、车兵、骑兵陶俑多达近万件。汉武帝的茂陵，内藏金钱财物，鸟兽鱼鳖牛马虎豹生禽一百九十余种。即便少数民族，古代丧葬也不同程度地存在着事死如事生的礼俗。据史料记载，匈奴实行土葬，"其送死，有棺椁金银衣裘，而无封树丧服；近幸臣妾从死者，多至数千百人"。拓跋鲜卑送葬时，"生时车马器用皆烧之以送亡者"。契丹土葬，贵族死后有大批金银玉器随葬，贫民亦有一二件陶器随葬。除了陪葬，追求场面隆重也多有记载。《魏书》称："高宗崩，故事：国有大丧，三日之后，御服器物一以烧焚，百官及中宫皆号泣而临之。"

生老病死是客观规律，安葬死者是很自然的事，养老送终作为孝道也无可厚非，但是，厚葬源自迷信和浪费资源、财物的弊端显而易见，一些古代的先贤都曾对厚葬提出批评，并身体力行倡导薄葬。

先秦时墨家学派创始人墨翟就提出节葬的主张。西汉学者杨王孙，著《裸葬论》以反对厚葬，他临终遗嘱子女，死后以"布囊盛尸"，倾埋土中。他说："我打算死后裸葬，以返归我的本原，一定不要改变我的主意。我死了以后，就用一只布袋盛着我的尸体，埋入七尺深的地下。已经下葬之后，就从脚部褪下布袋，让我的身体直接与泥土接触。"东汉经学家赵岐，主张丧事从简，他在家训中说，自己死的那天，在墓穴中堆上一些沙子做床，铺上竹席，给他穿上白衣，散发在竹席上面，再盖上单被，当天就下葬，下葬完毕用土盖上。北宋政治家、文学家欧阳修提倡俭葬，他说，俭葬是古人的好节操，侈葬给古人带来坏名声。在厚葬成风的年代，这些先贤的见地和主张实在难能可贵。

新中国成立之后，党和政府提倡破除迷信、移风易俗，革除鄙俗陋习，设立公墓、纪念堂，推行火葬、海葬、江葬、草坪葬、树葬、花葬等新型骨灰安葬方式，节约土地资源，保护生态环境，减轻群众负担。重殓厚葬和愚昧迷信的陈规陋习已逐渐被厚养薄葬文明新风所替代。

但是，就全社会而言，彻底摒弃千百年形成的厚葬观念并不容易，目前个别地方还有乱建坟、筑大坟、修豪坟的现象；少数家庭在办丧过程中仍存在随意焚香烧纸、违规燃放鞭炮、大操大办和封建迷信活动等不文明行为。这样做污染环境，浪费资源，加重群众负担，与社会主义精神文明建设背道而驰。

厚葬是愚昧落后行为，古代先贤尚且倡树丧事简办，现代人更应该弃旧迎新，厉行厚养薄葬。要弘扬爱老传统美德，鼓励生前尽孝。提倡丧事简办，不搞迷信活动，不讲排场，剔除迎送拜叩、占街摆宴、琴瑟鼓乐等繁文缛节，庄重肃穆、俭朴有序，文明环保办丧礼。

13. 传承良好家风是最诚的祭祀

祭祀作为中华民族的礼仪文化源远流长，在历史的传承中形成了深入人心的理论体系和实践程序，只是祭祀风俗因民族或者地域的差别而有所不同。

从古至今，祭祀礼仪作为一种人文精神逐渐丰富、发展，成为社会生活不可或缺的一个部分。通过祭祀的形式，人们敬先贤以表达尊崇；敬祖先以表达怀念；敬神明以表达愿望。就拿祭祀祖先来说，很多地方都把清明节、中元节（农历七月十五）、下元节（农历十月初一日）、除夕节列为重要的传统祭祀节日，并且完善了一整套的操作规程。

千百年来，祭祀祖先的活动发挥良好的社会教化功能，培养社会成员饮水思源的孝道品德，推动社会成员之间的团结，一定程度上维护了宗法社会的稳定。但是，其中被神化的精神影响和追求形式上排场的做法，无疑是一种愚昧落后。

历史发展到今天，祭祀文化也随着时代的变迁而逐渐改革。作为社会主义精神文明建设的重要内容，祭祀方式发生了改变，人们越来越喜欢文明的祭祀方式，例如献花、放灯、写怀念性文章、系丝带、用网络祭祀来怀念先人。新的祭祀方式取代了传统祭祀的奔波劳碌和繁杂流程，操作起来更容易、更方便、更简洁，同时大大降低了火灾危险和大气污染，对个人对社会都有益无害。

任何一项变革都不可能一蹴而就，一些人囿于传统观念的束缚，不愿意与时俱进接受新型祭祀文化，依然念念不忘旧的祭祀方式，所以在祭祀的日子里，我们还会看到有人在城市街头燃烧纸钱，带来局部地面及空气的污染，这种现象与现代化城市面貌格格不入，这种行为也与现代精神文明建设要求相去甚远。

很多人崇尚《朱柏庐治家格言》，信奉"祖宗虽远，祭祀不可不诚"，这并没有错，但是，何为祭祀之诚，向来有不同认识。

老子、庄子通过对自然天道的深刻体悟，主张在现实生活中超越礼仪形式的约束，并不推崇大操大办。孔子、孟子更是强调"礼从宜"的观念。孔子曾感慨说："礼云礼云，玉帛云乎哉？"意思是说在各种礼仪活动中，礼品、礼仪等有形的东西并非主要，真正重要的是礼仪形式所蕴涵的礼仪精神。根据孔子、孟子的观点，祭祀不是为了好看，而是为了尽于人心，祭祀所表达的是基于人们对生命的传承，后人对祖先的追思缅怀之情。这些先贤主张，体现的就是祭祀之诚。

从一定意义上说，生命的传承就是良好家风的传承。

我的祖父故去接近四十年了，我一直非常怀念他，之所以念念不忘，不仅仅因为他老人家最疼爱我，更因为他的做人品质堪称师表。我从懂事到退休赋闲，祖父的影响根深蒂固，他的教诲没齿难忘。

因为我抓了生产队一把麦穗，祖父严厉批评我"不是咱的咱不稀罕"；因为我谎称买石笔而花八分钱买了扑克，祖父委婉训导我"做人不能说谎话"；因为我不明白他出诊为什么总不在村子里坐小推车，祖父告诉我一句话"骡大马大值钱，人大了不值钱"……几十年来，读书、参军、从业，祖父正直、善良、谦和、敬业的品质，一直影响着我。

虽然没有隆重的祭祀，但祖父一直活在我的心里；力争做一个祖父那样的人，是我毕生的追求。谨记祖父教导，传承良好家风，是最好的怀念、最诚的祭祀，倘若祖父在天有灵，他老人家一定是欣慰的。

家教

1. 家颐教子的启示

家颐，字养正，四川人，宋代饱学之士。家颐对子侄要求十分严格，所著《教子语》称得上是家庭教育的经典文本。

《教子语》精练扼要，篇幅不长，分为十章。

关于家教的重要性，家颐说："人生至乐为读书，至要无如教子。""士人家切勤教子弟，勿令诗书味短。"一个"至要"，一个"切勤"，家庭教育的重要性、迫切性一目了然。

至于教育的原则，家颐说："父子之间，不可溺于小慈。自小律之以威，绳之以礼，则长无不肖之悔。"强调父亲对孩子不可过于慈爱。要从小就用威严来约束孩子，用礼节来教育孩子，这样以后就不会因孩子品性不端而后悔。

说到教育方法，家颐指出："教子有五：导其性；广其志；养其才；鼓其气；攻其病。废一不可。""养子弟如养芝兰，既积学以培植之，又积善以滋润之。人家子弟惟可使觌。"家教要注意引导孩子的天性，宽广孩子的志向，培养孩子的才能，鼓舞孩子的锐气，改正孩子的缺点，这五个方面缺一不可。养子如养花，既要用广博的知识来培育，又要用实际的善德来滋润。指明了科学合理的教育方法，主张言教的同时还要身教。

在教育内容方面，家颐主张德才兼备，尤其不可忽略德育："人家子弟唯可使觌德，不可使见利。""富者之教子须是重道，贫者之教子须是守节。"教育孩子发现别人家孩子德行良好的一面，而不要去注意其重利的一面。富人教子应该重视道德教育，穷人教子应该注重守住气节。这些都是对社会实践的科学总结，现在依然有指导意义。

家颐对错误的教育观念提出了批评："子弟之贤不肖系诸人，其贫贵贱系之天。世人不忧其在人者而忧其在天者，岂非误耶？"孩子以后是贤良或是没出息这些都与人的教育有关，其贫穷贵贱是上天注定的。现在大家不去关心通过人的努力就有所改变的方面，而去关心上天注定了的事情，这难道不是一种错误吗？

家颐认为，家教不是父母一厢情愿的事，被教育者应该有接受教育的积极性，所以，他说："士之所行，不溷流俗，一以抗节于时，一以诒训于后。""孟子以惰其四肢为不孝。为人子孙游惰而不知学，安得不愧！"读书人的行为，不应该同流俗混同。一方面要坚持节操于当时，一方面要遗留教诲于后世。孟子认为四肢懒惰的人为不孝。因此做别人子孙的人放纵性情，懒惰而不知努力学习，怎么能不感到惭愧呢！这是他对子弟的谆谆告诫，激励、调动子弟学习、修养的自觉性。

家颐教子之道精辟入里，多年来为世人所推崇，至今值得借鉴。比如溺爱娇惯家庭教育失之于宽的问题、重视文化知识忽视德育一天到晚盯住考试分数不放的问题、当父母的不能在社会生活中为孩子做出表率的问题……这些都很现实，又带有普遍性。

前些日子网络流传一段视频，两个孩子在知晓高考分数之后一起跳楼，其情其景让人痛心不已。无论怎么讨论应试教育制度的缺陷，无论如何责怪孩子们意志脆弱，这死伤带给家庭、带给社会的伤痛是很难抚平的。痛定思痛，难道广大家长没有必要反思家教的误区？

很多的家长替孩子规划了未来，制定了人生目标，给孩子们划定了获得知识的圈子，然后像赶鸭子上架一样督促孩子上路。这哪里是"导其性、广其志、养其才？"有的家长自己就理念不清，又怎么能做到"攻其病？"至于家庭教育重才轻德带来的恶果，我们也是屡见不鲜。凡此种种当下家教弊端，都能在《教子语》得到诠释。

家颐《教子语》实为家教良策，为人父母尤其孩子在读的家长们都应该读一读。

2. 爱之有度，教之有道

大凡天下父母，都是爱子心切，并极尽教育之能事，而如何爱、如何教才算爱得合理、教得有方，可谓众说纷纭，纵观历史，贤人名士也多有著述，近来读颜之推《教子篇》，感受颇深。

颜之推，字介，琅琊临沂人，北齐文学家，曾任南梁散骑侍郎、北齐黄门侍郎、北周御史上士、隋学士等。著有文集三十卷、《颜氏家训》二十篇，家训内容涉及社会生活的各个方面，对子弟如何立身处世，调整家庭内部关系提出了具体要求，对后世的影响极其深远。其中的《教子篇》，系统、透彻地阐述了父母爱子有度、教子有道的理论。

颜之推认为，人们通常"同言而信,信其所亲,同命而行,行其所服"。长辈尤其父母对子女的教育和影响要远远超过老师和书本，所以当父母的一定要明确问题的重要性，树立正确的爱子、教子观念。

不溺爱。也即颜之推所说不能"无教而有爱"。的确，有些父母太过心疼孩子，往往迁就子女的不合理要求，从饮食言行各个方面放纵他们的欲望，本来应该告诫的反而给予奖励，本来应该斥责的反而加以赞赏。当然，不善于教育子女的人，并不是有意地纵容子女作恶犯罪，主要是感情上爱之无度，管理上失之若宽，子女做了错误的事情也不过是无关痛痒地批评几句，舍不得严加责罚，这样的教育如同治病不用药、不手术，效果能好到哪里去呢！其实，那些勤于督促教育子女的父母，不是虐待亲生骨肉，而是真正的亲情大爱。古往今来，由于溺爱铸成大错的案例数不胜数。梁元帝萧绎时，有个学士十分聪敏，很有才华，为父亲所宠爱，但他的父亲爱而无教，儿子一句话说得好，父亲就到处传扬、终年夸耀，儿子做了错事却百般掩饰。这个儿子成年为官后，越来越暴虐傲慢，终于因为说话冲撞，得罪了将军周逖，被周逖杀害，抽出肠子，以血涂鼓。

不迟爱。爱孩子关键体现在教育上，而教育孩子不能等，树大自直的说法是错误的。颜之推认为，想等到孩子知事识理再教育已经晚了，若骄横傲慢成为习惯再来制止，即使把他打死，也没有什么威力，只能增加孩子的抵触情绪，愤怒怨恨越来越重，待到长大成人，终于还是道德败坏。孔子说，"少成若天性，习惯如自然"，所以教育子女一定宜早不宜迟，要从婴孩时开始。

不偏爱。世人对子女的爱很少做到均平，这方面的弊病太多了。颜之推说，子女贤德聪明的固然应该赏识爱护，即便钝拙愚笨的也应当怜惜。偏爱娇宠子女的人，主观上是厚爱他，其实是害了他。共叔段之死，是他母亲造成的，赵王如意被害，是他父亲造成的，刘表宗族覆灭，袁绍地失兵败，这些偏爱的恶果都是前车之鉴，应当作为镜子来对照。

不滥爱。颜之推说，齐朝有一个士大夫曾经对他说："我有一个儿子，年纪已经十七岁了，会写书信奏疏，又教他学鲜卑语和弹琵琶，刚刚有些通晓，靠这个本事去服侍公卿，没有不受到宠爱的，这也是很重要的事情！"喜爱自己的子女本无错，但是如此无度滥爱、过高评价儿子的优点，而且企图为儿子跑官要官，这就丧失原则了。颜之推对这样的行为非常反感,他说:我当时低着头没有回答,真是奇怪,这个士大夫竟然这样教育儿子,靠这样的路子让孩子当上高官,我是不能这样去提携子女的。颜之推所说的类似事例,我们在现代生活中也不鲜见,由于父母不能客观评估子女的才德,无视、包庇子女的不足,盲目寄予信任,致使子女在社会活动中铸成大错,最终悔之晚矣。

作为一千四百多年前的封建士大夫,颜之推的这些教子之道,至今仍有启迪和借鉴意义,值得我们认真研读、细致揣摩。

3. 培养枝干最为重要

家教对孩子成长有至关重要的作用，历来为人们所重视，但仅仅重视是不够的，成功与否完全取决于教育理念，其中最为关键的是父母打算把自己的孩子培养成为什么样的人。

在我的亲属中，有一个孩子聪明伶俐，从小学到高中，学习成绩一直名列前茅，高考分数位列全市十佳，得到了奖励。就是这样一个看似优秀的孩子，后来却发展到辞去公职离家出走，所作所为到了让家人痛心疾首、无法启齿的地步。

我也算是看着这孩子长大的，一个本来看上去好端端的孩子沦落到如此地步，让人大跌眼镜，究其根源也并非一日之因。多年来，乖巧、懂事、学习成绩好，这是不争的事实，还是孩子嘛，能够如此表现已是不错，老师夸奖，家长满意，街坊邻居都羡慕。殊不知学校、家庭、社会，统统把眼睛盯到分数上，而忽略了理想、道德教育。进入大学后，学习压力减轻，在不良宗教诱惑下，淡化了亲情爱心，疏远了为国为民的社会主流精神，迷失了人生前进方向。这就像一棵树苗，枝干没有长好，无论叶子多翠绿、花儿多鲜艳，终究有一天会衰败枯萎。

清末著名思想家、史学家魏源认为家庭教育要注重主要方向，就像花木果树一定要培养枝干一样,对此他有过一段富有哲理的阐述:草木开花的时候少,结实的时候多;开花结实时候少,而有叶子的时候多,只有枝干长存才是最重要的。秋天开的花不如春天开的花艳丽,而春天开的花又不及秋天开的花壮健。多次结果的树花不繁盛,密室加温提早开出的花,在春天里必定会凋谢。只有参天挺立的松柏才会一片青翠,谁又知道它的铁根霜干盘曲在地层深处。

魏源用形象比喻育人的道理,一是遵循客观规律,打好教育的基础,如此才能根深叶茂;二是不要本末倒置,不可忽略教育的主要方面,一定要在培养枝干上下功夫。

什么是育人的枝干?当然是德育,这应该没有异议。而现实生活中,人们更关注的是文化知识。让孩子获得知识本没有错,但在传统就业观念和应试教育制度的影响下,老师在为分数而教,学生在为分数而学,当家长的更为每一次考试获得高分数极尽一切手段。于是,一些与预期背道而驰的现象发生了:有的孩子没有树立正确的世界观、人生观,国家民族意识淡薄,没有正确的政治方向,如同军队没有灵魂一样,只能在人生这场战斗中打糊涂仗;有的孩子丢掉了中华民族优良道德传统,缺乏爱心、善心,置亲情于不顾,在社会生活中很难说得上举止文明,甚至走上违法犯罪的道路;也有的孩子价值观偏颇,像温室的花朵一样脆弱,时有所闻的青少年经不起挫折自杀事件,就是最好的证明。当然,忽视德育的恶果并不局限于以上列举的几项。

处世现实一些可以理解,考虑到就业形势严峻和竞争激烈,哪一位父母不想孩子学好文化知识考上理想大学为成家立业打基础?但是如果忽视孩子的品德养成,将来很有可能要吞下苦果。

百年树人，做父母的不妨学学古人，重视起枝干的培养，持之以恒把这门看似无形实则最为重要的品德课教好，从理论和实践的结合上，把孩子培养成德才兼备的人，让他的人生道路走得更坚实、更顺畅。

4. 莫徇亲情失大义

卫庄公的儿子州吁，因受宠爱而骄奢无度，放荡不羁。大夫石碏对庄公劝谏说，爱怜儿子就该教他走正道，过度受宠和享禄，会使他走上邪途，最终成为祸害，国君若对此不加约束处置，祸患会很快到来……石碏苦心的劝谏，庄公只当是耳边风。后来，州吁果然弑君篡位、穷兵黩武，给卫国带来巨大灾难。

州吁品质不好固然是祸国之乱的根本原因，但卫庄公对儿子放任自流、管教无方，无疑也负有不可推卸的责任。能治国却不能治家，卫庄公不是一个合格的父亲。

清朝政治家汤斌说过："齐家之道最难。"难就难在家人之间非常亲近，不能因法理伤害亲情，又不能因为亲情而违背法理。这看起来就是个两难选择，但是，这并不代表不能做好。同样是国君，清朝皇帝康熙不但是一代明君，还是一位家教有方的贤达长者。

康熙一生兢兢业业，修身、齐家、平天下都十分认真，可谓耗尽心血和精力。康熙治国六十年建树甚多，其守成、创业之功举世公认。康熙十分珍惜自己的事业，渴望能传之千秋万代。正因为如此，康熙十分重视家教，并不因为是皇族就使得子弟养尊处优，放松对他们的教诲训饬。

康熙曾对诸官说:"朕经常想到祖先托付的重任。对皇子的教育及早抓起,不敢忽视怠慢。天未亮即起来,亲自检查督促课业,东宫太子及诸皇子,排列次序上殿,一一背诵经书,至于日偏西时,还令其习字、习射,复讲至于深夜。自春开始,直到岁末,没有旷日。"

在康熙的精心培养下,身后的儿孙们,多数能文能武,尤其雍正皇帝,功业显赫,谋略超人;乾隆皇帝,儒雅风流,奠定了大清王朝二百多年的业绩。而康熙的《庭训格言》,蕴含精辟的家教经验,留给后人一笔宝贵的精神财富。

说到教子,中国历史上还有一位名人,那就是孟母。"孟母三迁"和"孟母断织"的故事,是世代流传的家教佳话。

孟母是战国时期思想家、教育家、儒家学派代表人物孟子的母亲。孟子三岁时父亲去世,由母亲一手抚养长大。孟子小时候很贪玩,善于模仿。他家原来住在坟地附近,他常常玩筑坟墓或学别人哭拜的游戏。母亲认为这样不好,就把家搬到集市附近,孟子又模仿别人做生意和杀猪的游戏。孟母认为这个环境也不好,就把家搬到学堂旁边。孟子就跟着学生们学习礼节和知识。孟母认为这才是孩子应该学习的,心里很高兴,就不再搬家了。

有一天,孟子从老师子思那里逃学回家,孟母正在织布,看见孟子逃学,非常生气,拿起一把剪刀把织布机上的布匹割断了。孟子看了很惶恐,跪在地上请问原因。孟母责备他说:"你读书就像我织布一样。织布要一线一线地连成一寸,再连成一尺,再连成一丈、一匹,织完后才是有用的东西。学问也必须靠日积月累,不分昼夜勤求而来的。你如果偷懒,不好好读书,半途而废,就像这段被割断的布匹一样变成了没用的东西。"孟子听了母亲的教诲,深感惭愧。从此以后专心读书，发愤用功，身体力行圣人的教诲，终于成为一代大儒。

康熙、孟母都是古代教子的典范，没有因为骨肉至亲就放松管教，同时还注意讲究方式方法，实现了亲情和大义的统一。

明代学者洪应明说过："家人有过，不宜暴怒，不宜轻弃。此时难言，以他事隐讽之；今日不语，俟来日再警之。如东风解冻，如和气消冰，才是家庭的型范。"汤斌说："家之中，不得径行其直。须有委曲默为转移之法。""教家者，亦惟渐渍化导而已，久当自变也。"他们的家教观念值得今人借鉴。

如今有些家庭在家教方面存在两个突出的弊端：要么溺爱有加，对孩子不良苗头视而不见，纵容孩子在错误的道路上越走越远；一旦问题暴露出来就接受不了，暴跳如雷，甚至恶语相向、拳脚相加，效果可想而知。这样的父母，真应该学学古人的家教经验，从爱心出发，以严字当头，以"东风解冻""和气消冰"的方法，达到"委曲默为""渐渍化导"的目的，训导孩子健康成长。

5. 读书到底有多重要

这里说的读书，是一个广义的概念，应该包括获得文化知识的一切手段和途径。

关于读书的意义，古今中外有不少名人高见，最近读韩愈家训，有了更进一步的认识。

韩愈，字退之，祖籍河北昌黎，后迁居河南孟县，唐德宗贞元八年进士，曾先后任刑部、兵部、吏部侍郎，是唐代著名文学家、思想家、哲学家、政治家，被世人尊为唐宋八大家之首。韩愈对读书的意义有独到的见解，他在《戒子通录》中以形象生动、通俗易懂的语言，阐述了读书的重要性。

韩愈在家训中，首先从比喻开始，说明读书的重要性：木材所以能够按圆规曲尺做成器具，就在于木工、轮匠和舆匠的辛勤劳动；人之所以成才，就在于他饱读了诗书。诗书中的千般知识只有勤奋才能获得，不勤奋肚子里就会空空的。

进而韩愈分析道：人之初生学习能力是完全一样的，并无贤愚高下之分。由于有的后来不能勤学，所走的门径也就不同了。两家各自生下来的小孩，小的时候是一样的聪明。年岁稍大一点在一起玩耍游戏，就像一群鱼里的鱼一样没有什么不同。到了十二三岁的时候，各人表现出来的才智就稍有不同了。到二十岁的时候，差别就变得很大了，就像污渠与清沟对映一样泾渭分明。到了三十岁的时候，人已完全长成，更大的区别有如龙和猪一样了。

读不读书，对个人的仕途和生存环境有至关重要的影响，韩愈说，像神马一样飞驰而去的人，就不能照顾像癞蛤蟆一样飞不动、跳不快的人。一个为马前卒，被人驱使；一个为二公或宰相，居住在宽深的府第。若问如此这么大的差别是什么原因的话，就是学与不学的缘故。

家财万贯不如有学问在身；学问不是钱财可以代替的，也不是父母给予的，是靠自己努力得来的。韩愈说，黄金碧玉虽是贵重的珍宝，花费用度却难以恒久储藏；学问藏在自己身上，身在就用之不竭。君子与小人这两种人，全是他们自己努力不努力的结果，不关系到他们的父母。难道不见有这样的公与相吗？他们就是出身于农家；难道不见这样的三公后代吗？他们饥寒交迫连坐骑也没有。

韩愈瞧不起不学无术的人，斥责没有知识就像牲畜一样。韩愈认为，文章是很可贵的，经籍的解说也是耕耘、开荒的工作。积水池、积水沟里的水是没有源头的。早晨还是满满的，到了晚间就干涸了。人不懂古今之事，就好比马牛穿着人的衣服一样。如果将自身陷于不义之地，还想得到什么名誉呢！

不可否认，作为生活在封建社会的人，韩愈的认识有值得商榷的地方，比如韩愈告诫子弟饱读诗书，目的就是为了出人头地、扬名立身；忽略客观因素，指责不读书的人为猪、为癞蛤蟆、为牛马，所言也有些过分。但是，韩愈家训的主旨是通过对读书重要性的分析，推动、督导人们勤奋读书学习，这一点毋庸争辩。

历史发展的新形势、新任务，对读书提出了更高的要求，今天我们重温韩愈家训，依然有着积极的借鉴、教育意义。

6. 读书是一场苦旅

读书很重要，而学而有成也并不容易。

北齐文学家、北周御史、隋学士颜之推，就曾在家训中列举出一些刻苦读书的榜样，借以激励子弟发奋读书。

《颜氏家训》记载，古代勤奋的人很多，苏秦用锥子刺大腿以防止瞌睡；文党投斧挂木决心求学；孙康映雪勤读；车胤用萤火虫照读；倪宽、常林带书耕种；路温舒放羊时摘蒲草截成小简用来写字。梁朝彭城的刘绮，是交州刺史刘勃的孙子，从小死了父亲，家境贫寒无钱购买灯烛，就买来荻草，所它的茎折成尺把长，点燃后照明夜读，梁元帝在任会稽太守时，精选百官，刘绮以其才华当上了太子府中的国常侍兼记室，很受尊重，最后官至金紫光禄大夫。义阳的朱詹，祖居江陵，后来到了建业。由于家中贫穷，有时连续几天都不能生火煮饭，就经常吞食废纸充饥，天冷没有被盖，就抱着狗睡觉。狗因饥饿跑到外面去偷东西吃，朱詹大声呼唤也不见它回家，哀声惊动四邻，尽管如此，他依旧没有荒废学业，终于成为学士，官至镇南录事参军，为元帝所尊重。东莞人臧逢世，二十岁时，想读班固的《汉书》，但苦于借来的书不能长久阅读，就向姐夫刘缓要来名片、书札的边幅纸头，亲手抄得一本，军府中的人都佩服他的志气，后来他终于以研究《汉书》

闻名。

很多古代先贤，不但勉励子弟勤苦求学，而且自身就是读书的典范。宋进士、爱国诗人陆游，曾多次赋诗，以自己秋夜读书、五更读书、冬夜读书的实际行动教育儿子。

"白发无情侵老境，青灯有味似儿时。高梧策策传寒意，叠鼓冬冬迫睡期，秋夜渐长饥作祟，一杯山药进琼糜。""床头瓦檠灯煜爚，老夫冻坐书纵横。暮年於书更多味，眼底明明见莘渭。""白首自怜心未死，夜窗风雪一灯青。""世间万事有乘除，自笑赢然七十余。布被藜羹缘未尽，闭门更读数年书。"

无需摘录太多，一位古稀老者孜孜不倦的形象，已然出现在我们面前。

在封建社会，读书人只是一个社会阶层，广大劳苦大众难得接受文化教育的机会。新中国成立，开启了全民教育的历史进程，但是由于经济基础的限制，物质条件的改善需要一个过程，在相当长的一个时期，读书难免会吃一些苦。

我读小学的时候，还是土胚墙、茅草房。读初中开学之日，自己从家里扛一条长凳步行九里路报到，等到学校，我肩膀都磨破了。由于生活困难，我曾有一周没有带干粮，全凭自己在业余时间挖马齿苋在食堂蒸熟了充饥。临毕业那年春天的一个上午，由于营养不良，我晕倒在课堂上，多亏中午吃了老师送我的两个高粱饼子才能够继续坚持学习。

一九八四年，我有幸被推荐报考大专学校，作为当年的"老三届"，这样的机会实在难得。经过短暂而又紧张的复习，一个多月后，我以全市第一名的成绩顺利考进离家最近的胜利油田党校大专培训班。

学校其他同学都是"双职工"家庭，他们周末与家人休闲之际，却是我最劳累的时候，田里的农活、需要男爷们处理的家务，都需要我星期天帮忙。上学的这两年间，我通常是周日的下午要做一些农活然后骑车到县城再乘车返校。有一个阶段，我还要小心翼翼地带一箱鸡蛋到学校去。

上学前一年，喂了一群鸡。起因很简单，一个月几十元的工资不够开支，希图养鸡增加一点收入，没想到鸡养成，蛋市场饱和，卖蛋成了难题。鸡蛋带到学校，第一件事就是联系买主，食品厂、饭店，挨门挨户询问，没人要不说，有时候还要遭人家白眼。好在苦与累都没有难倒我，两年后，我和同学们一样顺利拿到了大专文凭。

除却克服物质环境方面的困难，真正获得知识，还必须下一番苦功，读、记、背、练，正所谓学海无涯苦作舟，绝无捷径可走。

随着社会主义现代化建设进程的发展，我国的教育环境越来越好，虽然读书学习是一场苦旅，只有历尽磨砺才能抵达成功的彼岸，但能够享受现代教育成果，无疑是非常幸福的事情。中华民族复兴之梦是历史的召唤，每一个公民尤其莘莘学子应该继承、发扬先贤的优秀品质，为国家富强民族振兴而刻苦读书、勤奋学习，成为有理想、有道德、有知识的人。

7. 求学如挑担

章学诚，字实斋，浙江绍兴人。乾隆年间进士，清代著名史学家。章学诚自幼爱好史学，博览群书，毕生从事著述和讲学，著有《文史通义》《枝雠通义》《文集》。他曾做过很多书院的主讲，有关教育的论议颇多，对于儿童教育有自己的认识，其求学如挑担的见解很有借鉴意义。

章学诚认为，学习要有坚定专一的目标，但学习内容和方法则可多样，学习与志趣结合，效果自然更好。"夫学贵专门，识须坚定，皆是卓然自立，不可稍有游移者也。至功力所施，须与精神意趣相为浃洽，所谓乐则能生，不乐则不生也。"

章学诚说求学如挑担。"学以致道，犹荷担以趋远程也。"章学诚说，挑担走路，多次休息和交换肩膀才有充裕的体力，顺利到达目的地。这样的道理也适用于学习，学习之余，要善于思考，适当变换学习内容，如同挑担不断换肩。章学诚说，一尺长的木棍，每天只截取一半，会一直用不完。专心于一个方面而无变换，容易兴趣枯竭感觉疲惫。如果用功的方法不断变换，而学识则坚定不易，像走远路，走法随心所欲，但方向是未行之前决定的。

把求学比喻为挑担，本质上是个学习方法问题，在这方面我也深有体会。一九八四年，已经参加工作十五年、年满三十五岁的我报考党政干部大专班,等我确定下来,有的人已经复习了好久,我不但起步晚,而且是"一头沉",还要帮助老婆种地。离考试仅有一个多月又时逢麦收,我只能"革命生产两不误",那段时间用拼来形容一点不过分。晚上背书要到十一二点,睡到三点左右再起来学习;为了增强效果,我还创造了自己的复习方法和节奏,头脑清醒的时候拼命背,背政治、地理和历史答案;昏昏欲睡的时候做数学题,而把复习语文当成是一种调节;所有的代数、几何公式贴在床头、桌前,保证睁开眼睛看到的就是学习内容。功夫不负有心人,也是灵活的复习方法卓有成效,我的考试成绩居全省同类考生前列并以全市第一名的成绩被录取。

我们赏读章学诚求学如挑担的家训,并非只是吸收其中的"数休其力""屡易其肩",更重要的是领会学习方法的重要性,进而举一反三。现代社会的教育环境较之过去已极大优化,教学手段、教育方法也与时俱进,但这并不意味教育方法无需改进。撇开社会教育、学校教育不说,作为家长来说,尤其要针对性地解决在家教方面存在的问题。据我观察了解,目前家教方面常见的问题,一是父母为孩子规划未必切合实际的学习远景,甚者还寄希望于孩子来实现父辈未竟的人生目标;二是要求孩子学什么不学什么,特别强调"齐头并进",抹杀孩子的创造性;三是在孩子考试成绩不理想时批评多于鼓励和引导。

法国学者朗之万说:"方法的得当与否往往主宰整个读书过程,它能将你托到成功的彼岸,也能将你拉入失败的深谷。"纵然初衷美好,倘若家教方法不妥当,往往收不到预期效果,甚至对孩子的学习乃至成长产生负面影响。想来章学诚也是家长,这篇家训中并没有多少关于学习目标、学习态度的要求,而是在学习方法上循循善诱,这样的做法,应该是家长们学习的榜样。

8. 做一个"柴在家里"的人

孙奇逢,字启泰,号钟元,直隶府保定荣成人,明万历年间举人。孙奇逢晚年讲学于苏州夏峰山,从者甚众,世称夏峰先生。孙奇逢之学,原本宋陆九渊、明王守仁,对经学、理学均有创建。与李颙、黄宗羲齐名,合称明末清初三大儒。孙奇逢一生著述颇丰,他的学术著作有《理学宗传》《理学传心篹要》《夏峰先生集》等,"离山十里,柴在家里"是他在《孝友堂家训》中教导子弟读书做人的一句话。

孙奇逢非常赞成知行合一,他认为知而不行不是真的知,知而不行的人是"不识字"。

孙奇逢嘱托子弟,"尔等读书,须求识字。"他解释说,有人会说,难道有读书而不识字的吗?我说,读一个"孝"字,就要恪尽侍奉父母的道理;读一个"弟"字,就要恪尽服从兄长的道理。自从进入私塾念书时起,没有不认识这两个字的,但谁真正在自己身上具体体现这两个字的含义,落实在行动中呢?他总结说,孩童时期就开始学习,到年老了还没有领悟到它的深刻含义,即使他读了很多的书,也只能说他不识字。孙奇逢还举例说,明代思想家王汝止在讲良知这个问题时,说不用于实践不能说是知道了。有一个砍柴的人偷偷听了很久,忽然领悟了,作歌说:"离山十里,柴在家里;离山一里,柴在山里。"

像这个砍柴的人，才是真正识字的人。

虽然离山比较远，但只要去砍柴，家里便有柴；尽管大山近在咫尺，不去砍，家里也不会有柴的。一件极其普通的事，说明了一个深刻的道理：只有用于实践，才叫学到知识、明白道理。

尚书中说："非知之艰，行之惟艰。"阐述了一个这样的定律：懂得道理并不难，实际做起来却很难。

不妨以孙奇逢所说的"孝"为例，这个"孝"字认得、读出都不难，甚至还能轻易地讲出一套道理，但真正做到就没那么容易。大凡真正孝顺的人，不是口头上说说，还必须是行动上有所体现，不但要舍得物质方面对父母的赡养，更要注重在精神方面对父母的抚慰，让父母顺心满意，而做到这些，必须真正认识到孝是人伦大道、百善之首，是做人的基本要求。

再如，有些人经考试合格之后取得驾驶执照，却时有酒驾、醉驾、争道抢行、超速行驶、闯红灯等违章行为发生，如此漠视自己与他人的生命财产安全，将法律法规完全置之脑后，这样的人很难说是真的学懂了"道路交通安全法"。

导致学与做形成"两张皮"，大致三个原因：一是并没有理解所学知识的意义，或者仅仅一知半解、似是而非，那就谈不到依照去做了；二是道理也懂了，就是不想付出代价去做；三是学的目的本来就不端正，根本没打算实践，所谓学知识不过就是装装样子。凡此种种，都不能说是真学了、真懂了。由此看出，获得、拥有知识，不但是学术层面上的问题，更事关人品修养，而通过学习改造升华精神境界付诸行动，比单纯从字面上获得知识要难得多。

从严格意义上讲，孙奇逢斥责学而不用为"不识字"有些严苛，但他主张学以致用的思想完全正确，值得我们借鉴。

　　人生漫漫，学海无涯，为人处世理当知行合一，无论离山十里还是离山一里，都要做一个踏踏实实的砍柴人，凭借自己的辛勤努力，把所学的道理化为自己的思想营养，涵养品德，升华精神境界，达到"柴在家里"的终极目标。

9. 且看古人如何看待考学

每年高考分数公布之后,我们总听到有考生因为承受不住压力走上绝路,花样年华戛然而止,令人痛惜不已。痛定思痛,人们也许会感叹那些年轻生命的脆弱,也许会反思导致悲剧发生的根源,但这一切都已经为时太晚,毕竟时光不会倒流,那一些逝去的鲜活也不会再现。

发生悲剧的原因,说到底是学子们承受的压力太大了。升学、就业,是人生路上的两座大山,而学历是就业的基础,关乎前途命运,重压之下,一些本不该发生的事情发生了。之所以说不应该,最根本在于人们的错误认识,而这种错误来自社会、家庭以及学子本人等方面。

自从科举制度诞生以来,考学一直是人们极为关注的大事情,先贤们更把看待考学列为家教的重大课题,其中一些观点,值得当代的家长们借鉴。

读书学习的目的是为了做人,并非仅仅为了考学。明代理学家、举人孙奇逢在家训中说:"古人读书,取科第犹第二事,全为明道理、做好人。"清初学者唐甄教育儿子:"君子之道,修身为上,文学次之,富贵为下。"清朝文学家、进士袁枚,在写给弟弟的信中谈及儿子读书事宜时也阐述了这个道理,他说,一个人有没有才华是他的根本所在,而是否考学是次要的。能考什么学就上什么学,如果实在没这方面的才华,不考学也是可以的。如果不教给子弟做人的道理,丢了根本而追求末节是错误的。他说连叶夫人这样的女人都懂得读书不是为了追求科名、出人头地，真是让那些士大夫感到羞愧而无地自容。

学子只要勤谨于学，即便名落孙山也要肯定他的进步。清朝进士、"扬州八怪"代表人物郑板桥是这方面的典范。郑板桥在儿子参加科举考试时，鼓励儿子说，初次参加考试就是为见见世面，也没指望你一试成名。不过有了这次经历，下次再进考场就有了经验，不会过于慌张。不能因为一次不中就有怨言。他还鼓励儿子，知道了自己的差距，闭门苦读，再经老师指导，进步就比较容易，火候到了，自然出成绩。如此通情达理、循循善诱，郑板桥实际上是为儿子"减压"，解除精神负担，调动学习积极性。

升学、就业，并非"华山一条路"。北齐文学家、教育家颜之推，在家训"勉学篇"中说，"人生在世，会当有业"，并列举了农、商、工、军、文各行勤勉于业的行为；宋代文学家、诗人、进士张耒在家训中告诫儿子"业无高卑志当坚，男儿有求安得闲"，哪怕是沿街叫卖面饼，也没有什么丢人的；明清著名学者朱舜水七十八岁高龄时嘱托孙辈说，能读书很好；能从事种田、种菜、捕鱼、砍柴等各种生产劳动以至能孝敬赡养父母的也不错。这些贤达不但自己明白这个道理，而且用以教育儿孙，使儿孙在人生道路上开阔视野，减轻压力，从更积极、更阳光的层次激励后人发奋读书学习。

学习古人的这些观念，是为了辩证看待考学这件事，绝非为不刻苦读书找借口。如今社会教育环境越来越好，学子们更应该发奋读书，毕竟学习成绩于国、于家、于个人都至关重要。勉励学子好学上进与减轻学子思想压力，是同一事物的两个方面，无论学校、家长还是学子本人，都应该明白这个道理。

10. 把名人逸事说与后人听

吕本中的家训别具一格。

吕本中，字居仁，宋代寿州人。吕家世代为北宋朝廷大臣，吕本中高祖吕夷简，曾任宋仁宗时宰相；曾祖吕公著，宋哲宗元祐年间曾与司马光同辅朝政；祖父吕希哲曾任崇政殿说书，擢右司谏；其父吕好问，曾任御史中丞、尚书右丞；吕本中本人也曾任中书舍人兼侍讲、权直学士院，皆名重当时，获世人赞誉。吕本中文才不凡，著有《童蒙训》《春秋解》《紫薇诗话》《东莱先生诗集》等书。

吕本中平生接触过许多重臣、学者，因此见闻广博，他以曾祖吕公著、祖父吕希哲、父亲吕好问为主线，汇集代表祖辈优点的事件，并吸收一些名人、学者为学处世的遗闻逸事、正论格言，辑录成《童蒙训》一书，用名人、先贤的真实故事做教材，讲述尽孝、明礼、诚信、风节、仁慈、谨慎、庄重、勤劳等方面的品德要求以及为官之道，诠释做人处世的深刻道理，以为后世教育子弟之用。

吕本中赞扬宽以待人，不能轻易说世上无好人，他借祖父吕希哲之口，讲了包拯受理托金案的故事：某百姓到开封府说有人曾将百两黄金寄存他处，但这个人已经去世，他把黄金还给那人的儿子，可那人的儿子说父亲生前并没有将黄金托付于人，坚决不受。包拯因而感慨说:"从这件事看,那些说世上无好人的人应当感到惭愧,任何人经过努力都可以成为尧舜一样的贤良。"

讲到诚实的时候,吕本中说,侍制刘安世从师司马光两年之久,临别时请教司马光为学的道理,司马光说:"最根本的是要诚实。"刘安世效法颜渊请教孔子,对司马光说:"请问其细目。"司马光说:"从不说荒诞的话开始。"刘安世自此牢记这句话,不敢忘记。

另有一个讲诚实的故事:李君行先生从江西前往京师,途中有子弟请求先行到京篡改籍贯以便应试,李君行坚决不允许,说这是欺骗朝廷的行为,说:"宁可缓几年应试,也不可行此欺骗之事。"

吕本中认为做官的人要仁慈,要尽责,他举例说:理学家程颢对杨中立说:我过去做县官的时候,凡经常活动的地方,都贴上"视民如伤"四个字,希望时刻看到它。还说常愧对此四字。

吕本中在义气、仁厚方面列举了榜样:宋徽宗崇宁初年,吕希哲因受处分谪居到符离,吕希哲的女婿赵仲长常常从汝阴前来看望。吕希哲的表弟杨瑰宝也因得罪权贵降级到符离任职,杨瑰宝侍奉吕希哲如亲兄,赵仲长侍奉吕希哲如严父。两人白天晚上都守候在吕希哲身边,吕希哲患病,赵仲长执汤药于床前,屏住呼吸问候疾病,一刻也不曾间断,吕希哲硬叫他离开才离开。杨瑰宝这个人慷慨独立于当世,对人对事未曾稍有屈服;赵仲长这个人谨厚笃实,两人都是一个时期的英杰。

做官还应该惩恶扬善、赏罚分明。范仲淹很重视培养读书人,有关的事都做了,然而一旦发现乱法败众的,也不会姑息原谅。范仲淹任陕西经略安抚副使的时候,有一读书人向一官妓发怒,用瓷瓦伤损了官妓面部,还用墨涂在上面,这个官妓告发了他,范仲淹立即传了读书人实施了杖刑,并对他说:"你既然坏了别人的一生,现在也应当坏你一生。"人们都很拥护范仲淹的公正处理。

做人应该积德行善。宋太宗、真宗时代,睢阳这个地方有一位戚同文先生,有一般常人达不到的德行,乡人都受到他的感化。戚同文的次子戚纶,居住门前有一口大井,每到正月十五夜,庆祝元宵节玩灯,热闹异常,游人很多,他担心游人跌落井中,于是坐在井旁,守到夜深。

……

吕本中在《童蒙训》中展示了众多先贤的言论及故事,借以对后人进行传统教育,如此用事实说话,更生动也更具有说服力。这样的教育方法,以及内容中的真理部分,今天依然值得我们借鉴。

11. 郑燮家教观的现实意义

郑燮，字克柔，号板桥。江苏扬州兴化人，清乾隆年间进士，著名书画家、文学家，其诗书画并称三绝，为扬州八怪的代表人物，代表画作有《修竹新篁图》《清光留照图》《兰竹芳馨图》《甘谷菊泉图》《丛兰荆棘图》等，文著有《郑板桥集》。郑燮为官清正，倔强不屈，敢于为民请命，且为人光明磊落、严正绝俗，留下许多传世佳话。

郑燮所著《郑板桥集》是宝贵的历史文献，其中关于家教的观念，至今有积极的借鉴意义。

郑燮认为，富贵贫贱不是天生的，由此激励后人奋发有为，勤勉不倦。他在写给堂弟的信中说："谁非黄帝尧舜之子孙？而至于今日其不幸而为臧获、为婢妾、为舆台、皂隶，窘穷迫逼，无可奈何。非其数十代以前即自臧获、婢妾、舆台、皂隶来也。一旦奋发有为，精勤不倦，有及身而富贵者矣，有及其子孙而富贵者矣。王侯将相，岂有种乎？"善招福、恶致祸，是亘古不变的自然法则，一味躺在祖宗功劳簿上不求上进，这样子孙不会有什么出息。倘若今人都有郑燮如此认识，断然不会有那么多所谓"官二代""富二代"的飞短流长。

爱孩子就要教育他忠厚善良。郑燮自言："余五十二岁始得一子，岂有不爱之理！然爱之必以其道，虽嬉戏玩耍，务令忠厚悱恻，勿为刻急也。"他嘱托堂弟代为严加管教，"要须长其忠厚之情，驱其残忍之性，不得以为犹子而姑纵惜也。"他还具体地讲到不要让孩子滋生优越感。他说，仆人的子女，也是天地间一样的人，要一样爱惜，不能让我的儿子欺侮虐待他们。凡鱼肉水果点心等吃食，应平均分发，使大家都高兴。那些溺爱、纵容子女的人，倘若读到郑燮这番话，比比先贤的精神境界和做法，不知道会不会汗颜。

重视农耕，尊重劳动人民。郑燮在家书中说："我想天地间第一等人，只有农夫。""尝笑唐人《七夕》诗，咏牛郎织女，皆作会别可怜之语，殊失命名本旨。织女，衣之源也，牵牛，食之本也，在天星为最贵；天顾重之而人反不重乎！其务本勤民，呈象昭昭可鉴矣。"他还亲自把有关农耕的四首五言绝句写进家书，让小儿唱与母亲、叔叔、婶婶听，培养孩子的重农意识和体恤农民的感情。他甚至不惧丢官，开仓赈贷，救济灾民，作为封建社会的官吏，他的行为难能可贵。

为人要虚怀若谷，见贤思齐。郑燮在写给儿子的信中说，自己年轻的时候喜欢骂人，但骂的都是那些附庸风雅其实不通的假文人，不像那些自恃才高、盛气凌人的人骂人。但对于真正比自己强的人则甘拜下风，见到好文章爱不释手，百读不厌，所以有幸取得功名。郑燮以自己的实际行动和切身体会告诫儿子，要做一个真实、正直的人，只有虚心上进，才能取得成功。

读书要有正确的目的。郑燮说，一些读书人，一捧书本就想中举人、进士，想做官，想怎么样攫取钱财，修造大房屋，买置很多的田产，这样一开始就走错了路，后来越做越坏，一直没有好结果。有些不能如愿发达的人，便在乡里作恶，贼头鼠面的，更是不可抵挡。郑燮这段话说明了德育的重要性，即便现在，无论家长还是学校，如果只是重视文化知识教育，忽略孩子的心理健康，弱化道德品质教育，必将是重大的失误。

读书学习要有正确的方法。郑燮说："读书以过目成诵为能，最是不济事。眼中了了，心下匆匆，方寸无多，往来应接不暇，如看场中美色，一眼即过，与我何与也。"他举例孔子韦编三绝、苏东坡读《阿房宫赋》至四鼓，说明刻苦攻读深入探求方能获得知识。他还强调读书学习要有所选择，不能什么都读、什么都记。学海无涯，典籍浩瀚，如果毫无选择篇篇都读，既无必要也无可能，否则只能成为"没分晓的钝汉"，一个"破烂橱柜"。郑燮很客观地看待儿子的考试成绩，即使不能一试成名，也肯定儿子的进步；引导儿子明白自己的不足而后闭门苦读，鼓励他只要火候到了，成功是必然的。时至今日，郑燮这种循循善诱的家教方式，也应当值得家长们学习。

12. 纪晓岚教子"八则"浅谈

清代政治家、文学家纪晓岚出身书香世家,天资聪慧,以学问文章得天下重望。纪晓岚历官左都御史,兵部、礼部尚书、协办大学士加太子太保管国子监事致仕,曾任《四库全书》总纂修官。纪晓岚为人胸怀坦率、性好诙谐,故多有逸事典故流传于世。

纪晓岚一生育有四子三女,他对教育子女有独到见解,曾在给夫人家书中表达对家教的重视,阐述其系统的家教理念。纪晓岚说:"父母同负教育子女责任。今我寄旅京华,义方之教,责在尔躬。而妇女心性,偏爱者多。殊不知爱之不以其道,反足以害之焉。其道维何?约言之有四戒四宜:一戒晏起;二戒懒惰;三戒奢华;四戒骄傲。既守四戒,又须规以四宜:一宜勤读;二宜敬师;三宜爱众;四宜慎食。以上八则,为教子之金科玉律,尔宜铭诸肺腑,时时以之教诲三子。虽仅十六字,浑括无穷。尔宜细细领会,后辈之成功立业,尽在其中焉。"

"四戒四宜"虽然简约,但提纲挈领、蕴意深长,堪称家教大纲。从内容上分,戒晏起、戒懒惰、勤读可以归类为对读书学习的要求;戒晏起、戒懒惰、戒奢华、戒骄傲、敬师、爱众可以归类为对道德品行的要求;戒晏起、戒懒惰、慎食可以归类对养生健身的要求,概括起来,与我们今天提倡的学习好、品德好、身体好有异曲同工之妙。

研读纪晓岚家书，进一步领悟到父母在教育子女方面所起的重要作用。反观现代社会，有些当父母的把教育孩子的责任一股脑儿推给学校、推给社会，一旦孩子学习成绩不理想也罢、生活中出了问题也罢，不去反省自身失职、过错，一味怨天尤人，岂不知家庭才是孩子的第一课堂，父母才是孩子的第一老师和责任人。纪晓岚在家书中还讲到溺爱的危害，从古至今，这也是一个带有普遍性的问题。爱孩子本没有错，倘若无原则的爱，"不以其道，反足以害之。"现实生活中父母溺爱孩子、管教失之于宽的事例并不少见，等到自食恶果，已是悔之晚矣。

纪晓岚的"八则"体现了德智体全面发展的思路，是完整的家教指导思想。现代社会在家教理念方面最突出的问题，是太过看重文化课的考试成绩，也就是重智力而忽视德育和身体健康问题。诚然，应试教育制度以及就业压力，客观上迫使当父母的督促孩子们去追求分数，这种功利意图明显的、偏颇的家教观念极有可能导致孩子畸形成长。从一些活生生的事例中，我们发现有些年轻人传统道德观念淡薄，对家庭、对社会感情冷漠，不珍惜亲情，不知道感恩，不讲究社会公德，甚至走上违法犯罪道路，其中不乏父母寄予厚望而呕心沥血供其深造者，这样的人文化水平再高又有何用？

纪晓岚所处的年代距今近三百年，但纪晓岚的家教理念仍然很有借鉴意义，在更加文明进步的现代社会，为人父母者更需要树立正确的家教观，承担起教育子女的第一责任，把孩子培养成为有理想、有道德、有文化、有纪律的有用人才，为建设家庭和社会的文明和谐贡献力量。

13. 世故人情皆为学问

近代著名思想家、翻译家、教育家严复不但政绩卓著，而且在治家方面很有见地。他在写给儿子严璿的信中，用很朴素的语言提出一个深刻的道理："世故人情，皆为学问。"

严复对严璿说，"儿年齿甚稚，初次离所亲以入社会，吾与汝母，极悬念，不但起居饮食，知儿必将觉苦而已。惟是男儿志在四方，世故人情，皆为学问，不得不令儿早离膝下，往后阅历一番，盖不徒堂课科学，为今当务之急也。与你共勉。"

理解这段话，在父母长者的角度，就是该放手时须放手，"庭院里练不出千里马，花盆里养不出万年松"；在子女后人的角度，就是好男儿志在四方，不能贪图安逸享受；而就其本质的核心而言，是说人生学问不是仅仅来自家庭、来自学校，更来自社会、来自实践；而学问也不仅仅是书本知识，更包括融合于社会生活方方面面中的世故人情。

何为世故人情？人情，人与人之间的性情，所谓懂人情，是有与人融洽相处的学问；世故，世界上的事情，所谓知世故，是明了处世的经验。合二而一，世故人情就是要懂得做人、懂得做事。

通晓世故人情的人在社会生活中如鱼得水，人际关系会处理得好，做事成功的可能性也大,从某种意义上说,懂得世故人情比掌握书本知识还要重要。

严复本身就是一个深谙世故人情的人,这一点通过他的家训完全看得出来。严复对家庭、对子女、对后人极有责任感,他对九个儿女以及旁系和隔辈的后人都关爱有加,通过书信的形式施加影响、谆谆教导,其中很多内容都涉及到世故人情。

在给严璿的同一封信中,严复说:"处世固宜爱惜名誉,然也不可过于重外,致失自由。"他说,只要自己的言论行动合乎道理,便不要随波逐流、迎合世俗。言外之意是不必拘泥于本本的东西,避免丧失做人的根本。

在另外的信中,严复告诫严璿:"校中师友,均应和敬接待,人前以多见闻默识而少发议论为佳;至臧否(褒贬)人物,尤宜谨慎也。"这些待人接物的原则看似平常,实际很反映人的修养,是十分重要的。严复鼓励严璿按照自己的想法去做,"孟子云:'鲁人猎较,孔子亦猎较。'正是此意。夫孔子尚有时随俗,况吾辈乎?"他还支持严璿走出校门观览山水名胜,说旅游是好事,"虽不无小费,然吾意甚以为然。""此中不但怡神遣日,且能增进许多阅历学问,激发多少志气。"

严复对家人在世故人情方面的训导很有针对性,指导意义非常明显。因为三子与长女吵架,他告诫夫人朱明丽应该管教儿子,"汝做娘的必不可在渠面前说长道短,使他胆大,致难管教。"严复告诫女儿严项:"少年用功本是佳事,但若为此转致体力受伤,便是愚事。古人有言:'皮之不存,毛将焉附?'夫学所以饰躬,使身体受伤,学何用也?"所以"宜优游暇豫,即堂课亦不必认真。"教育外甥女何纫兰客观看待他人,称赞吕碧城"甚是委婉眼善,说话间,除自己剖析之外，亦不肯言人短处。"鼓励何纫兰正确看待自己婚姻的不幸与痛苦，"须知人生世间，任所遭何如，皆有所苦，泰然处之可耳！"敦促她不要泄气，努力学习，以求"他日诚能自立，为女界吐气。"此外，如教育三子严琥管教小弟时不要伤了兄弟之情，"管教时勿至伤恩，亦不必过于愁叹也。"；告诫五子严玷不能以他人他物之痛苦当作自己的快乐，"顽劣犹可，千万不要暴戾。残忍暴戾，足以闯祸，残忍尤其不可。何谓残忍？即以他人他物之苦为汝之乐是也。"都是严复对子女的谆谆教诲。

  当然，世故人情是一门大学问，贯穿于社会生活的方方面面，所包含的内容很多，绝不是严复家训能概括得了的，但是严复重视人情世故的观念值得我们借鉴。

14. 教养的根基在于家庭

与朋友聊天,朋友说一直记得小时候爷爷的训诫,比方说吃饭的时候端牢饭碗、不要说话、不要弄出很大响声,坐凳子时不能脚踩横撑,进入人家房子时要注意把门轻轻带严……总之,爷爷立下的很多规矩,后来都成了他的生活习惯。

不难想象,朋友的这些习惯实际上都是有教养的表现,而他的爷爷,是一位很懂家教的长者。

有教养,是指人的行为方式符合道德规范,言语动作温文尔雅、谦虚恭敬。教养体现一个人的品德、内涵、修养,在社会生活中,有教养的人最受人们欢迎,所以培养有教养的人才历来是社会教育的重要任务,而其中家教堪称为教养的根基。

有史以来,历代贤人名士对家教的重要性向无异议,并且有过很多经典的论述。中国的传统启蒙教材《三字经》就响亮地指出:"养不教,父之过。"说生养儿女而不好好教育,是父母的过错。编著于明代的启蒙书目《增广贤文》批评说:"养子不教如养驴,养女不教如养猪。"韩婴《韩诗外传》也说:"贤母使子贤。"王符《潜夫论》说:"贤人志士之于子孙也,贻之以言,弗贻之以财。"这些名言警句蕴含深刻的道理,具有重要指导意义。

家教之施教与被教育者有天然独特的血缘关系，施教者的责任感自不必说，期中的亲密感、信任感是学校教育、社会教育不能企及的，同样的道理，出自父母长者之口，可信度、权威性、影响力非他人可比。家教之施教与被教育者相处在同一个家庭，子女可塑性最强的阶段与家庭密不可分，一方面有得天独厚进行早期教育、长期教育、随机教育的便利条件，另一方面也更容易发现被教育者存在的问题，便于有的放矢进行教育。

在我国古代，不乏家教典范。周公旦写《诫伯禽书》，教育儿子尊重人才、治国有方；李世民写《诫皇属》告诫后代遵守道德规范、加强道德修养、掌握治国之道，成就"贞观之治"；司马光写《训俭示康》，由于教子有方，其子个个谦恭有礼、人生有成；颜之推写《颜氏家训》，不但惠及子孙而且传之后世被推崇为"家训之祖"；此外孟母三迁、岳母刺字都是很经典的家教故事。

古往今来，重视家教已经成为中华民族的传统美德，即便不是什么名门望族，平常人家好的家教也会给家庭成员言行、品质、意志的养成带来好的影响，就像本文开篇提到的朋友，之所以成为有教养的人，与爷爷的规矩不无关系。

现代社会中有些人的言行很没有教养，譬如乱扔垃圾、加塞插队、不讲礼貌等等无视社会道德规范的种种行为，究其原因，固然有着社会的原因，但最根本是家教出了问题。

家教问题最常见的是失之于宽，比如一部分独生子女和所谓的"官二代""星二代"，他们的老爹老妈自觉打拼创业不容易，总想子女后人享尽人间富贵，舍不得让宝贝疙瘩吃半点苦，更不想用什么规矩约束他们，长期的养尊处优造就了他们自我为中心的生活习性和处世原则,不懂得尊重他人、不懂得尊重社会、不懂得尊重道德规范甚至法律法规,那教养二字也就自然与他们没什么缘分。

另外一个常见问题是重才轻德。现行的应试教育制度和就业压力,客观上让很多家长非常重视子女的文化知识学习,乃至从"起跑线"伊始到完成学业的全过程一直关注的是文化课考试成绩,因而忽略品德教育,对于子女为人处世教养方面的所谓小节,更不放在心上,靠"树大自直"让孩子成为有教养的人,显然有很大难度。

还有的家长没有为子女做出好样子。父母是子女最直接的老师,举手投足都是孩子的榜样,父母本身缺乏教养,不知道为人处世的"规矩",行为粗鲁、言语低俗、举止随意,子女在这样的家庭环境中耳濡目染,指望他们行为习惯有教养非常困难。

教养的根基在于家庭。为了培养、传承良好的家风和促进社会的文明进步,为人父母者一定要重视子女的教养,以身作则,从严要求,努力让子女成为有教养的人。

养生

1. 致寿之道从心始

古人关于养生有很多高见,清康熙年间进士张英认为,古人"致寿之道有四,曰慈、曰俭、曰和、曰静"。

张英把慈爱列为养生四大法宝之首,说一个人如果能做到慈心一物,不做一切损害别人利益的事情,即使一句有损于别人的话也不要轻易说出,由此推及力戒杀生以爱惜一切人和物,谨慎讨伐以养自然之和气。自己胸中有一段吉祥和易之气,自然阴阳不和之气不会干犯,从而达到长寿。

张英这段话抓住了养生的根本。慈爱是一切善念的根源,心有慈爱的人心怀善良,懂得知足常乐,常怀感恩之心,在日常生活中能够与人为善、乐于助人,行事不至于鲁莽,内心平和,所以气血流畅、阴阳平衡,于健康至关重要。

张英说,人生享受幸福之事,都有分数,爱惜福分之人,得到的幸福很多,而任意糟蹋福分的人,容易发展到没有一点剩余的地步,所以春秋战国时思想家老子主张以"俭"字为珍贵。所谓俭,不只是在财务用费方面,而是在一切事情方面都应该节俭,这才会留有余地。具体说来,在饮食方面节俭,可以养气血息是非;在结交朋友方面节俭,可以选择好的朋友减少过错;在交际往来方面节俭,可以养护身心防止过度劳累；在夜坐方面节俭，就可安身舒体；在饮酒方面节俭，就可以使心纯净和养成好的品性；在思虑方面节俭，就可以免除烦恼去掉纷扰。总之，一切事情省却一分，就会有一分的收益。这段话，张英用通俗的语言把俭能养生的道理诠释得明明白白。

张英教育子弟要懂得天下的事难做的并不多，所以要保持平和的心态，从而省去不必要的烦恼。他借白居易的诗句说世间很多人是自取苦恼。告诫人们要弄明白哪些事是可做可不做，哪些事是非做不可，然后自己把握好。一个人如果常常存有一种平和愉快的心情，那么就会心气畅通而五脏安然，这就是过去的人所说的养精神。

张英举例说，真定人梁先生常常对人说，白天办理公事，每晚回家休息，必须尽可能去找些高兴的事。与客人纵情畅谈，掀起胡须开怀大笑，用来发舒一天劳顿郁结在心中的浊气，这才是真正的获得了养生的要诀。何文瑞公在世的时候，曾经有乡下人做百岁寿辰，何公向这位老人询问养生之道，老人答道："我们乡村的人不知道什么养身法，但一生只晓得喜悦欢乐，从不知道有烦恼。"张英说，这是追求功名利禄的人不能做到的。

在静以养身方面，张英说：《左传》中说，仁义之人没有欲望而心静。又说："知识之人日求进取而动。"常常见到气躁的人举动轻浮不严肃，所以大多不能高寿。古人说砚的生命用世纪来计算，墨的生命用时辰计算，笔的生命用天计算，这就是指动静的区别。静字的意义有两个方面：一是身心不过于劳累，一是心静不轻易动发。凡是遇到一切劳顿忧惧喜乐悲哀的事，外表按常规对付，心中凝静不动摇，如清澈见底的深潭，如古老的水井纯净，那么用自己的心志指挥言行，必然战胜外界的纷扰。

张英概括，慈、俭、和、静这四个方面是很切实的养生道理，比起吃药治病何止胜过万倍。如果吃药就会出现物性易于偏失的问题，有的大多燥热滞积而不能产生好的效果。而正确引导吐纳胸中之气，就易于中止病情的发展。因此，要延年益寿就必须以这四个方面为根本，不可以抛弃这个根本而去求取其他不重要的方法。老子所写的《道德经》总计五千多字，主要的内容不超出这四个方面，如果把这四个方面的内容作为座右铭看待，时时对照加以体察，就会有好处的。

认真揣摩张英的文章，我们不难看到，追求慈、俭、和、静，实质是心情、心性、心态的修养。说到底，养生当从养心起，涵养性情、修炼品德，用良好的心性指导自己的言行，很多的不良因素可以规避，很多的矛盾能够迎刃而解，这是任何仙丹妙药不可替代的养生大法。

2. 养生要务食与眠

清朝进士张英在《聪训斋语》中谈及养生时说:"古人以眠食二者,为养生之要务。"揣摩张英的论述,不难发现其中的核心意义是食要少,眠起早。

所谓食要少,首要一点是不能吃得太饱。张英说,人的脏腑肠胃,经常使它宽怀舒畅而有余地,这样体内的元气得以运行,疾病就会减少。他举例说,我们家乡的吴友季先生善于医道,常常在夏天和冬天,行走在长安的路上不感到疲倦,有人问他能够不怕寒冷和炎热的原因,他回答说:"我从来不吃得很饱,病毒怎么会侵入我的肌体呢?"这就是饮食切忌过饱的明证。

其次,清淡为主,少吃油腻的食品。张英说,烧烤煎熬、香甜美味和油脂较多的食物,吃起来最合口味但不宜于肠胃消化,那些肥腻的食物吃在肚子里容易粘连积滞,积存太久就会引起腹痛气寒,如果冷热侵袭身体就会引发疾病。宋代诗人陆游的诗说:"倩盼作妖狐未惨,肥甘藏毒鸩犹轻。"说明陆游是知道怎样养身的。张英说,煮饭极其软熟,鸡肉之类,清淡煮成就行了;蔬菜和用蒸煮等方法做成的糊状食物清淡芬芳而又鲜嫩洁净,只吃八成饱就够了;吃饱后饮六安苦茶一杯,如果疲劳饥饿回到家里,可以喝一二杯味厚的美酒开胃。陶诗说,浑浊的美酒可以解劳累之后的饥渴,指的是借美酒以开胃气。这样做,对人的身体是有益处的。

食少还体现在一次不吃多种食物方面。张英说,一次宴席之间,吃遍水里和陆地上生长的东西,浓味淡味都进食,自然有损于脾胃。我认为鸡鱼野鸭小猪之类,一次只吃其中一二样就行了,这样的吃法还是有好处的。

张英说,安然睡觉是人生最快乐的事情,古人曾经说过:"不去寻求成神仙的方法而寻求睡觉的方法。"充分说明正确睡眠的重要性。晚上睡觉不宜太晚,冬天的夜里以二鼓为躺下睡觉的限度,夏天的夜晚以一更为躺下睡觉的限度。可笑有些人早晚畅饮不休,还称之为消夜。人们整天操劳思虑,晚上休息较迟,是很辛苦的,这怎么还谈得上是休养生息呢?

张英说,冬天和夏天都应当在太阳升起时起床,在夏天尤其应当这样。这时大自然清旭之气,最能爽神,丢失了这宝贵的机会是很可惜的。我在山中居住时颇感清闲,夏天太阳出来就起床,吸收水草清香的气味,这时莲花含苞还没有开放,竹子含着露水像要滴落,可以说这是最快乐的时光。太阳升高时间一久,不妨午睡一会儿,点燃线香放下帐子,展开桃枝竹席,睡够了起床,就会神志清醒气色爽快,无异于天边修行得道的人。

早起不但养身,也是严肃家风的需要。张英说,居家度日最应该早起,假如太阳升高客人来到,男仆没有洗脸,女婢没有梳妆,庭院没有清扫,灶上烟窗还是冷的,这是很不体面的事。从前何文端居住京城的时候,他的同榜同学来拜访他,太阳升得很高了他还没起床,很长时间才出来会客。客人问他:"尊夫人也没有起床吗?"他回答说:

"是的。"客人又对他说:"太阳升起这么高了,你和夫人都没有起床,一家奴仆,干那些通奸偷盗的坏事,怎么不会发生呢?"何文端听了客人这些话感到惊恐,从此到老不再懒床。

张英是几百年前的名人,他所处的时代环境与现代生活相去甚远,但他食要少、眠起早的观念是很有道理的,至今依然有借鉴意义。

3. 莫要想来疾病

祖父生前是当地小有名气的中医,所以即便年事已高退休在家,也常常有四围八庄的乡亲们找祖父看病。我虽然不懂医道,但对患者病症、行为看不懂的时候我就问问祖父,这人是什么病、该怎么治,而祖父也很耐心地答复我。

有一天,一位小伙子在家人陪同下到我家就医,我感到有些奇怪,因为看上去这年轻人身体壮硕,气色不错,脸上甚至还挂着微笑,不像有病的样子。待病人离开后,我问祖父这人啥病。祖父说,这年轻人本来没有病,只是脸上长了粉刺,他感觉难看,就天天想着不能出门了、不能出门了,结果精神出了问题,真的不再出门。

祖父说,心病比身体的病更难调理。他对年轻人进行了一番劝慰,然后开药治疗粉刺,来个釜底抽薪,让他逐渐过上正常人的生活。

时隔多年,回想这件事,我觉得当年那小伙子的病,纯粹是胡思乱想得来的。而这样的瞎想乱想,也是由于小伙子精神修养不到家,不能把持顺其自然的心态,产生偏颇意识,以至于影响了身体健康。

关于修身养性,战国时期著名的思想家、哲学家、文学家庄子,在《外篇·刻意》中有深刻阐述。庄子说,恬淡、寂漠、虚空、无为,这是天地赖以均衡的基准,而且也是道德修养的最高境界。有修养的人因为总是停留在这一境域里而平坦而无难。保持安稳恬淡的心态，那么忧患便不能进入内心，邪气便不能侵袭机体，因而他们的德行完整而内心世界不受亏损。

遵循自然常规的人，因而没有自然的灾害，没有外物的牵累，没有旁人的非议，没有鬼神的责难。他们生于世间犹如在水面漂浮，他们死离人世就像疲劳后的休息。他们不思考，也不谋划。光亮但不刺眼，信实却不期求。他们睡觉不做梦，他们醒来无忧患，他们心神纯净精粹，他们魂灵从不疲惫。虚空而且恬淡，方才合乎自然的真性。

庄子认为，妄自悲哀和欢乐是背离德行的邪妄，喜悦和愤怒乃是违反大道的罪过，喜好和憎恶乃是忘却真性的过失。因此内心不忧不乐，是德行的最高境界；持守专一而没有变化，是寂静的最高境界；不与任何外物相抵触，是虚豁的最高境界；不跟外物交往，是恬淡的最高境界；不与任何事物相违逆，是精粹的最高境界。

所以说，形体劳累而不休息就会疲乏不堪，精力使用过度而不止歇就会元气劳损，元气劳损就会精力枯竭。水的本性，不混杂就会清澈，不搅动就会平静，闭塞不流动也就不会纯清，这是自然本质的现象。

所以说，纯净精粹而不混杂，静寂持守而不改变，恬淡而又无为，运动则顺应自然而行，这就是养神的道理。

庄子的理论包含着朴素辩证的因素，若干年来对人们修身养性具有指导意义。作为常人，我们很难修炼到庄子所说的境界，但是至少要懂得顺其自然这样朴素的道理。所谓顺其自然，既要遵循天地万物自然演变的客观规律，也要顺应人类社会发展的趋势，顺历史潮流而动。当然，这种修养包括世界观，也包括方法论，体现一个人正确看待和处理事物的能力，体现一个人的精神世界。

回到开篇所说,年轻人就是太过看重本来很平常也很正常的粉刺,以至于思虑成疾。其实,现实生活中类似由于认识错误导致精神和肉体出现问题的现象还很多。本来可以避免、本来不该出现的事情,仅仅由于胡思乱想却发生了,以致影响到身体健康,说明养生必须养性,倘若精神世界能够达到"平易恬淡"的境地,自然"忧患不能入,邪气不能袭,德全而神不亏"。身体康健也就水到渠成了。

为人处世包括养生就应该懂一点唯物论、懂一点辩证法,不要没事找事想出毛病来。

4. 养生若牧羊

三十年前，一位行将离任的领导同志挥毫手书一幅"静以养生"赠与我，那毛笔字写得真叫带劲，苍劲洒脱，行云流水一般。这含义我可不甚明了，不是说流水不腐户枢不蠹吗，不是说生命在于运动吗，咋就"静以养生"了？

随着时日推移，我慢慢懂得了当初这位领导的嘱托是有道理的，所谓静，不是四肢不勤，而是心神之静。

近来读先人古训，看到庄子记载广成子传授黄帝养生不老大法之时，说修道的要点是保持恍惚飘渺的心神状态。修道修心到极致处，识心消退，心神清清静静，不起分别心。由于不主动去动用感官，心神内敛，保持清静，外在的身体会自然处在最佳状态。而心神保持在清静状态，形体就没有劳累消耗，体内的精华就不会被摇动不稳定，这样才可能健康长寿。

细细品味庄子的话，对静有了更深刻的领悟，深感"静以养生"的主张所言不虚。

当然，养生并非只静不动，而是亦动亦静，动静互补，相辅相成，诚如庄子之说："善养生者，若牧羊然，视其后者而鞭之。"

这是庄子在《外篇·达生》里的一句话，意思是说：善于养生的人，就像是放牧羊群似的，看到落后的羊便用鞭子赶一赶，从而保持羊群整体的行进状态。其本质的含义，是说养生要动静平衡，防止任何一个方面的偏颇，如此才能长寿。为了说明这个问题，他还举了两个例子：鲁国有个叫单豹的，在岩穴里居住，在山泉边饮水，不跟任何人争利，活了七十岁还有婴儿一样的面容；不幸遇上了饿虎，饿虎扑杀并吃掉了他。另有一个叫张毅的，高门甲第、朱户垂帘的富贵人家，无不趋走参谒，活到四十岁便患内热病死去了。

单豹注重内心世界的修养，可是老虎却吞食了他的身体，原因是其人缺乏体能的锻炼；张毅注重身体的调养，可是疾病侵扰了他的内心世界，于是也不能长寿。这两个人，都不是能够鞭策落后而取其适宜的人。换用今天的话说，这两个人在养生方面各有所长，然而也各有致命的短板，这便是悲剧发生的根源所在。

庄子的话充满辩证唯物观念，是对形而上学养生理论的批判。根据庄子的理论，身心都健康才是真健康，要养生，动以修身和静以修心缺一不可，尤其注意根据实际情况调整养生重点，哪方面薄弱就要强化哪方面。

综观现代人，多数还是比较注意修身的，运动保健的意识比较强，采取各种方式进行锻炼，相对而言却不注意修心。我们常常发现，很多人衣食无忧却牢骚满腹，面对生活压力毫无来由地焦躁不安，这往往是产生疾病的诱因。当然，也有人惰性作怪，宁肯搓麻将、玩手机、喝大茶、侃大山，也不愿意迈开腿，实质上静也短板动也短板，是十足的养生低能儿。

健康的身体是生活的本钱，养生才能长生。养生若牧羊，应该及时正视而鞭之了。

5. 读书可养身心

关于读书的好处,古今都有不少名言,其中最为人们津津乐道的,是宋真宗赵恒御笔亲作的《励学篇》,千百年来盛传不衰。"富家不用买良田,书中自有千钟粟。安居不用架高楼,书中自有黄金屋。娶妻莫恨无良媒,书中自有颜如玉。出门莫恨无人随,书中车马多如簇。男儿欲遂平生志,五经勤向窗前读。"只要肯认真读书,便可以官运亨通、财色双收,差不多应有尽有,诱惑力何其巨大!

且不说赵恒作《励学篇》的初衷,也不说对读书人的激励有何效果,单从内容上说,《励学篇》并没有道尽读书的好处,这是最近我读清朝康熙年间进士张英家训之后的认识。

张英在《聪训斋语》中,阐述了读书可以养身心的理论。张英说:人的胸心至灵至动,不可过分劳累,也不可以过分安逸,只有读书学习才可以保养它劳逸适中。风水先生用磁石养护指南针,而书籍才是保养身心最好的东西。

张英指出,不读书的人心神不定。他说,安闲逸乐无事可做的人,整天不看书,那么他的起居出入、身体心灵没有安放的地方。眼睛没有安顿的时刻,一定会精神涣散、杂乱颠倒,妄想而引发不满,处于逆境感到不高兴,处于顺境也会感到不高兴。常常见到别人便惊慌烦恼,一举一动都不顺眼，这样的人必定是一个不读书的人。

读书能开阔人的心胸。张英说，古人讲过，扫地焚香，清福已经具有；有福气的人，在享福的同时也读点书，没有福气的人，心中便产生其他的念头。这些话真是讲到了最重要之处，我对此深信赞赏不已。而且从来那些违背意愿的事，从不读书的人看来，似乎被自己一人碰到了，感到极其难堪，这样的人由于不读书，所以他不知道古人碰到的违背自己意愿的事，有百倍如自己的，只是没有细心体验罢了。

张英在书中举例说，宋代苏东坡先生，死后受到隆重祭奠，文章一刊印出来，名声震惊千古后世。而他在世之时却过得很苦，忧虑别人说坏话，害怕别人讥笑毁谤，困苦艰难往复迁移与潮州、惠州之间，他的儿子光着脚过河，睡在牛栏边上。唐代诗人白居易没有后代，宋代文学家陆游忍饥挨饿，都记载在古书里。即便这些名流千古的人，也都经历过如此不如人意的事情，如果平心静气地观察他们的经历，那么人世间所碰到的违背意愿的事情，都可以想得通，任何不满意的想法也会很快打消了。

不读书对身心不利。张英说，一个人如果不读书，就会只看到自己的经历艰苦，而产生无穷无尽的怨恨愤懑之心，忧郁烦躁不安，为什么要弄到如此地步呢？况且富裕兴盛的事情，古人也会碰到，气盛权倾一时，转眼也都会没有了。所以读书可以增长道义之心，是保养身体首要的事情。

归纳起来，张英告诉人们，读书使人增长知识、明了道理、增进涵养、开阔心胸，因而能客观地看待一切事物，保持心境的平和，这是非常有益于健康的状态，从这个意义上讲，读书可养身心，是非常有道理的。

6. 养气御百病

《黄帝内经·素问》说"百病生于气",很多病是由于阴阳失调、气血不足、气机失调引起的,多年来人们对此也已形成共识,与气有关的著述也不在少数,作为普通人,我们未必一定要探究其中高深的医学原理,但是有必要知道如何避免伤气,从而减少发病的概率。

《内经》列举了伤气的种种行为:"怒则气上,喜则气缓,悲则气消,恐则气下,寒则气收,炅则气泄,惊则气乱,劳则气耗,思则气结。"这九种气机失调情况便是形成疾病的根源,既然说百病生于气,那么反之,养气可御百病。

《内经》所说造成气机失调的原因大致分为两个类型,一个类型是属于物质方面的,包括寒、炅也就是热、还有劳,其余的便归于心情、精神方面。

就物质方面的原因而言,比较容易理解,人的身体耐受力是有限度的,过寒、过热、过劳造成的伤害显而易见。过寒则气血收缩,运行失常;过热则腠理疏松汗出,阳气随之外泄;过劳则耗伤精气,倦怠萎靡。

在心情、精神层面造成的气机失调,反倒类似杀人于无形,貌似看不到、摸不着,实则危害极大。怒则气上,是说愤怒的时候气血上逆、头昏脑涨；喜则气缓，是说过喜之时身心松弛，气血运行缓慢；悲则气消，是指悲伤导致心绪不佳、生机不畅、处世消极；恐则气下，是说恐惧害怕造成气血下行，俗话所说吓得尿裤应该属于这种情况；惊则气乱，是说惊恐则心气紊乱，很有可能心悸气短、心烦失眠甚至精神错乱；思则气结，是说忧思过度，则脾气郁结，运化失常，在肠胃消化方面出现症状，这一点恐怕很多人有切身体会。

物质原因造成气机失调的防御之策，自然是针对性的避寒防暑、劳逸适度，除此之外，还应该注意补气。补气的渠道主要是两种，一种是食补，譬如食用人参。人参是补气佳品，如果经常感觉神疲乏力、健忘、抵抗力差，可以把切成薄片的人参放入杯中代茶饮，只不过要掌握合适的量，以免上火。人参补气要根据自己的体质，可以选用西洋参、高丽参甚至党参。除人参外，干红枣、桂圆、羊肉、薏米、莲子等都有补气功效，也可适当服用。另外一种补气渠道是锻炼，通过参与适度的气功、舞蹈、各类体育项目，都能起到培育体内正气、健身防病的作用。

精神层面造成的气机失调便是心病，俗话说"心病还是心来医"，只能通过调整心情、控制情绪防御，当然，这种防御不仅仅是被动的"兵来将挡，水来土掩"，而是持之以恒的思想修养，提升精神境界。

首先，树立正确的人生观、价值观和正确的人生目标。一个一心一意只为一己私利打算的人，不可能有大度、宽容的胸怀，一旦个人利益受到损害、个人目的不能实现，出现利令智昏的现象也就不奇怪，那么怒、悲、思都有可能。范仲淹有济世为民之志，"先天下之忧而忧，后天下之乐而乐"，方能"不以物喜，不以己悲"；林黛玉为私情所困、悲伤沮丧，气血不足，衰弱而死，都是自身志趣使然。

其次，修炼正确的处世方法。学一点唯物论、辩证法和自然科学知识，正确看待社会现象、正确看待人际关系、正确看待生命的自然规律。心存善念、宽大为怀、与人为善，感恩社会、感恩人生、知足常乐、顺应自然、不奢妄求。凡是存在的，都有其必然性，常怀安然之心，"任凭风浪起，稳坐钓鱼台"，遇事不怒不忧，不惊不恐，不过悲不过喜。

再次，要有适当雅好。人的精神生活是多样化的，除了事业、除了家庭，还会有所寄托，一些有益于身心的雅好，能够丰富生活，陶冶情操，涵养品德，也是养气良策。常见的譬如旅游、舞蹈、音乐、写作、书法、摄影、绘画、收藏等等，乐在其中而又张弛有度，能够起到调节情绪、平衡阴阳、疏通气血的作用。同时，远离色情、暴力、毒品这类有害的行为，从而防止邪气犯身。

最后一点，要善于总结修身养性的经验教训。人是学而知之的，总要有一个历练过程，也或许要付出成长的代价，"每日三省吾身"裨益匪浅，"鉴于水者见面之容，鉴于人者知吉与凶"很有道理，"稽古振今，士风一奋"也颇为必要，无论自身还是他人曾经出现的不良精神状态，那些因动气伤身的事情，都应该引以为戒。

孟子曰："我善养吾浩然之气。"所谓浩然之气，既有道德正义之意，也有顺应自然规律之意。养气能御百病，如果尊崇孟贤人的话，重视养气，善于养气，何愁病魔袭身！

7. 小有雅好养身怡性

上班的那些年,常常感觉自己是个不合时宜的人,不能喝酒,不会抽烟,还不喜喝茶,每有应酬就如同受难一般,所以也少不了逃避些场合,不理解的人认为我是扮清高,真是有苦说不得。

退休后成了网虫,多数时间在一些网络论坛与朋友写文交流,没承想一不小心便时有文章见报见刊,还鼓捣出了几本书。一年前,征求几位文友的意见后设立了一个写作群,大家扎堆儿写文章,互相鼓励为报刊杂志投稿,一直到组稿出书,群成员从最初的五六十人激增到三百余人,倒也热闹非凡。码字,成了我步入老年后最喜好的消遣方式。

合适的消遣方式,能够增添生活乐趣,有益于身心健康,最近读曹庭栋所著《老老恒言》,更明白了这个道理。

曹庭栋,清代养生家。浙江嘉善魏塘镇人,生活于清代康熙、乾隆年间,天性恬淡,曾被举孝廉而坚辞不就。勤奋博学,于经史、词章、考据等皆有所钻研,尤精养生学,并身体力行,享寿近九旬。所撰《老老恒言》一书为著名老年养生专著。

曹庭栋在《老老恒言·消遣》中讲到,人有雅好,自是养身怡性。他说:"笔墨挥洒,最是乐事,素善书画者,兴到时,不妨偶一为之。""幽窗邃室,观奕听琴,亦足以消永昼。""能诗者偶尔得句,伸纸而书,与一二老友共赏之,不计工拙,自适其兴可也。若拈题或和韵,未免一番着意。""法书名画,古人手迹所存,即古人精神所寄。窗明几净,展玩一过,不啻晤对古人;谛审其佳妙,到心领神会处,尽有默然自得之趣味在。""院中植花木数十本,不求名种异卉,四时不绝便佳。呼童灌溉,可为日课。玩其生意,伺其开落,悦目赏心,无过于是。"尽道琴棋书画以及写作、养花之乐。此外说到养鸟、养鱼,"既足怡情,兼堪清目。拂尘涤砚,焚香烹茶,插瓶花,上帘钩,事事不妨身亲之。使时有小劳,盘骸血脉,乃不凝滞。"

同时,曹庭栋也认为,凡事讲究方法,还要有度,即便是雅好,也是适可而止便好。比如书法,不要在饱食后提笔,因为人低头伏案,会妨碍胃气的运转,影响人体的消化吸收。更不可将书画作为应酬,仓促而作,这样对身心都是不利的。

总之,任何一项雅好,只要把握得当,都可以舒畅心情、锻炼身体。

社会发展了,现代人的生活内容更加丰富多彩,传统的棋琴诗画以及种、养活动形式更多样化、更有创新,诸如摄影、舞蹈、旅游等等活动也吸引了越来越多的人加入进来。

改革开放使我们的国家发生了天翻地覆的变化,温饱已经不成为问题,人们追求的是健康长寿,是更高的精神享受,是高品质的生活质量。社会保障环境的改善提高,为总体上、根本上满足人们的需求奠定了基础,而作为个人而言,享受社会发展的成果,选择适合自己的雅好,强壮身体,修身养性,陶冶情操,升华灵魂,也是人生的至美境界。

我的雅好是码字。淡泊名利,以文会友,劳逸适度,乐在其中,以消遣的名义,将码字进行到底!

8. 除却"六害"延年益寿

关于养生,古代先贤有很多经验之谈,葛洪就有除去"六害"延年益寿的主张。

葛洪,字稚川,号抱朴子,今江苏句容县人,东晋著名道教学者、炼丹家、医药学家。著有《抱朴子内外篇》《肘后方》等。葛洪《抱朴子养生论》提出的"六害"之论,一直为世人奉为养生要领。

葛洪说:"且夫善养生者,先除六害,然后可以延驻于百年。何者是耶?一曰薄名利,二曰禁声色,三曰廉货财,四曰损滋味,五曰除佞妄,六曰去沮嫉。六者不除,修养之道徒设尔,盖缘未见其益。虽心希妙道,口念真经,咀嚼英华,呼吸景象,不能补其短促。诚缘舍其本而忘其末。深可诫哉!"

葛洪认为,"六害"不除,修身养性之道等于是虚设了。假如不注意这六个方面,任凭放纵,即使心中仰慕养生之道,具有强身健体的迫切愿望,口里念着道家经书,时常吃些保健药物,每天呼吸大地元气,也没有用。因为这么做是丢弃了养生的根本,只不过追求了那些细枝末节,所以也不能祛除疾病,延长寿命。

"六害"之中,名利位居榜首。人生在世岂有不要名利之理,所谓"薄名利",就是正确看待名利、合理获取名利,最重要的是淡泊名利。不同的人生观、价值观就有不同的名利观，一个有道德有修养的人，具有为社会为民众的胸怀，不会处心积虑谋求个人私利，也必然懂得知足常乐，行也要安然，坐也要安然，名也不贪，利也不贪，粗茶淡饭乐陶然，自然益寿延年；反之，私心严重的人，争名逐利，日夜钻营，采取各种手段，也必然导致心劳力绌，丧志折寿。

所谓"禁声色"，是指禁绝过度的外界刺激和性生活。正常的娱乐活动、正常的性生活本无可厚非，但凡事都有度，如若破坏自然规律，超出人体承受能力，纵欲贪欢，久而久之，势必损精败神，轻则体弱肾亏、未老先衰，重则诸恙缠绵、寿短命折。

"廉货财。"财物本是身外之物，生不带来，死不带走，但"人为财死，鸟为食亡"，总有唯利是图的人跳不出这个圈子，挖空心思为自己谋算钱财，甚至不择手段，或贪污受贿，或巧取豪夺，或谋财害命。这类人活得不安心，心境常处于紧张、自责、忏悔、恐惧状态，由于精神负担沉重，影响到正常生理代谢，降低身体免疫功能，导致百病丛生。

"四曰损滋味。"这一点与现代医学提倡的低脂低盐十分吻合。葛洪主张清淡饮食且要饮食有节。现代医学也证明贪图膏粱厚味，嗜食美酒佳肴，只顾满足口欲，极易引起"三高"，容易诱发脂肪肝、动脉硬化、冠心病、糖尿病及胆石症等疾病。所以在饮食选择上，应遵循"多清淡，少厚味"的原则，要做到精粗兼备，荤素搭配，能使五脏六腑得到充分营养，以期气血旺盛、抗衰延年。

"除佞妄"是消除不切实际的想法，摒弃毫无必要的善辩、巧言、谄媚，杜绝脱离实际的妄想、妄动。有的人个人主义作怪，心理扭曲，违反人理道德，绞尽脑汁琢磨如何谋取名、权、利，有这样的心理状态，必然有损身体健康。

"六曰去沮嫉。"沮丧和嫉恼都是私欲带来的阴暗心理，是一种负面情绪，所以葛洪把它列为六害之一。心胸狭窄、利欲熏心的人，常怀有怨恨、暴躁、沮丧、嫉妒等心态，思维方式失常，行事不按套路出牌。长期被这种病态心理控制的人，情绪不稳定，内分泌失调，不但患病概率大大提高，还有可能丧失理智违法乱纪。所以为人一定要知足常乐，处世一定要心胸宽广，不存嫉妒之心，不生沮丧之气，从而心神泰然、气血和畅。

"上士全修延寿命，中士半修无灾病，下士时修免夭横。"葛洪"除六害"之说是对社会实践经验的科学总结，完全符合唯物主义辩证法，就其要求而言，只要加强思想修养就可以做到，因而，"除六害"理论是教人处世养生的良方，值得我们借鉴。

9. 莫让物欲绑架养生意志

吕氏春秋《本生》篇对养生有非常重要的指导意义。文章说："夫水之性清，土者抇之，故不得清。人之性寿，物者抇之，故不得寿。物也者，所以养性也，非所以性养也。今世之人，惑者多以性养物，则不知轻重也。不知轻重，则重者为轻，轻者为重矣。若此，则每动无不败。"

这段话翻译成白话文，意思是说水本来是清澈的，泥土使它浑浊，所以水无法保持清澈。人本来是可以长寿的，外物使他迷乱，所以人无法达到长寿。外物本来是供养生命的，不该损耗生命去追求它。可是如今世上糊涂的人多损耗生命去追求外物，这样做是不知轻重。不知轻重，就会把重的当作轻的，把轻的当作重的。如这样，无论做什么没有不失败的。

《本生》篇还说道，富贵而不懂得养生之道，足以成为祸患，与其这样，还不如贫贱。贫贱的人获得东西很难，即使想过度沉溺于物质享受之中，又从哪儿去弄到呢？出门乘车，进门坐辇，务求安逸舒适，这种车辇应叫作"招致脚病的器械"。吃肥肉，喝醇酒，极力勉强自己吃喝，这种酒肉应该叫作"腐烂肠子的食物"。迷恋女色，陶醉于淫靡之音，肆意纵乐，这种美色、音乐应该叫作"砍伐生命的利斧"。

这三种祸患都是富贵所招致的。所以古代就有不肯富贵的人了，这是由于重视生命的缘故，并不是用轻视富贵钓取虚名来夸耀自己，而是为保留生命。既然这样，那么以上这些道理是不可不明察的。

《本生》的这一养生观念，与庄子养生观一脉相承。庄子认为"达生之情者，不务生之所无以为。"庄子说，养育身形必先得备足各种物品，可是物资充裕有余而身体却不能很好保养的情况是有的；保全生命必定先得使生命不脱离形体，可是形体没有死去而生命却已死亡的情况也是有的。

那些"以性养物"一味沉醉于物质享受的人，正是努力追求了对生命没有什么好处的东西。

古人的这一养生理论，意在提醒人们绕开养生的误区，树立正确的养生观念和方法，很有科学道理，也极有现实意义。人之在世，必须拥有维系生存的物质条件，但是，物是为人活着服务的，如果活着的目的就是物欲，那未免是本末倒置了。

由于社会的发展，人们的生活水平越来越高，衣食住行物质条件更加优越，精神娱乐方式也花样百出，这种舒适安逸对处在更加开放社会环境的人们极具诱惑力，追求享受的本能膨胀，不可避免地对养生保健造成巨大冲击。像《本生》提及的极尽车辇之便、肆意口舌之贪、纵情声色之欲的现象，现代社会不是依然存在吗？

如今人们越来越重视养生，对物欲泛滥的危害也有所认识，譬如人们常说"管住嘴、迈开腿"，越来越多的人注重饮食的合理性，积极参与到各种健身活动中，就是很好的证明。只不过总还是有些人不明白这个道理，或者仅仅明白道理而不愿意落实到行动中，这是因为有的声音耳朵听了以后很满足；有的颜色眼睛看了以后很满足；有的味道用嘴尝了以后很满足，不知其害而意志不坚定的人很难抗拒这样的诱惑。所以，从某种意义上说，养生也是一种品性的修养。

"不务生之所无以为。"做人要有一点精神,切莫让物欲绑架养生意志,不要再追求那些无用的东西,坚决抛弃不良的生活习惯,毕竟健康是最重要的。

10. 节俭足以养生

节俭是为人美德，节俭是持家之本、治国之宝，至于节俭还是养生良策的深刻道理，我是最近通过学习罗大经《鹤林玉露》才认识到的。

罗大经，字景纶，号儒林，又号鹤林，南宋吉水人。宝庆二年进士，曾多年为官。罗大经博览群书，学识渊博，著有《易解》十卷及文言逸事小说《鹤林玉露》。《鹤林玉露》一书记述宋代文人逸事，其中不少记载可与史乘参证，更为重要的是对文学流派、文艺思想、作品风格作过中肯而又有益的评论。

罗大经在《鹤林玉露》中说："节俭之益非止一端，大凡贪淫之过，未有不生于奢侈者。俭则不贪不淫，是可以养德也。人之受用，自有剂量，省啬淡泊，有久长之理，是可以养寿也。醉饱鲜，昏人神志，若疏食菜羹，则肠胃清虚，无滓无秽，是可以养神也。奢则妄取苟求，志气卑辱；一从俭约，则于人无求，于已无愧，是可以养气也。"

养德有德，有德则避祸祛凶；养寿多寿，多寿方颐养天年；养神益神，益神必神清意爽；养气气足，气足方志得心安，四者无不益于养生。

以德为例。近些年我们看到众多贪官纷纷落马，这种人素无节俭之心，贪欲难平，奢侈无度，平日里狗苟蝇营却又惶惶不可终日，等到东窗事发，终于难免牢狱之灾，哪里还谈得上养生？越是无德之人越是不得善终，可见节俭养德终能养生,这应该是一般的规律。

古代贤者节俭养德的故事多不胜举。《五总志》记载汉文帝刘恒"履不藉以视朝"。汉文帝时,已经有了布鞋,草鞋沦为贫民的穿着,而汉文帝依然穿着草鞋上殿办公,做了节俭的表率。不仅是草鞋,就连他的龙袍破了,就让皇后给他补一补再穿。此外,"孔子非帷裳必杀之""季文子婉拒奢侈""赵匡胤教女俭朴""苏轼房梁挂钱""朱元璋称帝不忘节俭"等都是传世美谈。

《鹤林玉露》也有关于节俭养德的经典论述,譬如:"一日一钱,十日十钱。绳锯木断,滴水石穿。"这个"滴水石穿"的故事就是从反面证明了不节俭不得善终的道理。宋朝时张乖崖在崇阳县担任县令。当时崇阳县盗窃成风,甚至连县衙库房也经常发生钱、物失窃的事件。一天有个低级官员从库房出来,张乖崖看见他的鬓傍巾下藏有一钱,就责问他,说你身上藏着的钱是库房中拿出来的,张乖崖就命令下属棍棒伺候。那个低级官员大为生气,说才一文钱而已,不足道也,你怎么能棒打我呢?你就算能棒打我,也杀不了我。张乖崖提笔评判道:"一日偷一钱,千日偷千钱,时间长了,绳子能锯断木头,水能滴穿石头。"然后跑下台阶,用剑将那个低级官员斩首,从此以后,崇阳县的偷盗风被刹住,社会风气也大大地好转。不尚节俭,贪腐无德,贻害终生,这个故事发人深省。

随着社会发展,人们的衣食住行条件极大改善,吃也常常作为衡量生活水平的标准,这并没有错,但是,从养生的角度看,有了条件便一味满足口腹之欲的做法并不可取。《鹤林玉露》说:"口腹之欲,何穷之有。每加节俭,亦是惜福延寿之道。"反观时下发病率不低的高血压、高血脂、糖尿病以及由此带来的并发症,很大程度上便是"病从口入",倘若"省啬淡泊""疏食菜羹",戒除"醉饱鲜",对身心健康的好处不言而喻。

节俭是传统美德,节俭又是养生大法。崇尚节俭,抵制奢靡,养身怡性,益寿延年,古人尚且明白的道理,现代人更应该谨记。

11. 养生即是养元气

写下这个题目很久,却迟迟没有开篇,原因就是没有悟透先贤的论断。

清代进士张英是一位学识渊博的养生大家,他基于对人生的认识,通过阅读、观察、体悟,总结出不少值得后人借鉴的养生经验,在《聪训斋语》中,张英说,"张敦复先生尝言:'古之读《文选》而悟养生之理,得力于两句,曰:'石蕴玉而山辉,水含珠而川媚,'此真是至言。"

养生之理得力于两句,"石蕴玉而山辉,水含珠而川媚"何以如此重要?张英说:"尝见兰蕙、芍药之蒂者,必有露珠一点,若此一点为蚁虫所食,则花萎矣。又见笋初出,当晓,则必有露珠数颗在其末,日出,则露复敛而归根,夕则复上。田闲有诗云:'夕看露颗上梢行'是也。若侵晓入园,笋上无露珠,则不成竹,遂取而食之。稻上亦有露,夕现而朝敛,人之元气全在乎此。故《文选》二语,不可不时时体察。得诀固不在多也。"

从养生的角度认真体味张英所言,揣摩"石蕴玉""水含珠"的含义并推而广之,一个基本的认识就是养生即养元气。"石蕴玉而山辉,水含珠而川媚",反之,则石无玉而山不辉,水无珠则川不媚,人的身体缺乏元气，健康无从谈起。

元气，中国道家哲学术语，也指构成万物的原始物质。从养生角度来说，元气是人体生命活动的根本能量，本质上支持着生命的存在，没有元气，就没有生命。元气是由父母之精所化生，由后天水谷精气和自然清气结合而成阴气（精、血、津、液）与阳气（卫气、宗气、营气、脏腑之气、经脉之气），"气聚则生，气壮则康、气衰则弱，气散则亡"。现代医学认为元气充沛的人思维反应正常，睡眠好，消化好，体力好，气色好，说话声音洪亮。

古人研究养生，无不研究元气。先秦和西汉时期有不少涉气的著述，如《老子》《列子》《庄子》《管子》《鹖冠子》《荀子》《淮南子》《黄帝内经》等。爱国诗人、宋代进士陆游通读儒、道两家著作，从中汲取传统文化摄生益寿的理念，确立保养元气为养生的主旨，深得"爱气""养气""治气"的养生要领。他说："养生孰为本？元气不可亏。秋毫失固守，金丹亦奚为。所以古达人，一意坚自持。魔鬼虽万百，敢犯堂堂师。"

张英承继前人之鉴，养生观更为细密，对养心、养身、养气、养德、养神、养精、养情、养性、养趣等方面都有相对通俗的说明，概而括之也即对颐养元气的研究颇有造诣，也可以说张英创造了一个相对完善通过养元气达到养生目的的理论体系。

元气是一个综合性概念，所以张英也深知颐养元气并非强化某一个单项就可以达标。

养元气首先养心。张英认为："人心至灵至动，不可过劳，亦不可过动，惟读书可以养之。""书卷乃养心第一妙物。""读书可以增长道心，为颐养第一事也。""凡喜怒哀乐、劳苦恐惧之事，只以五官四肢应之，中间有方寸之地，常时空空洞洞，朗朗惺惺，决不令之入。"从内心修养自己，做人要"慈、俭、和、静"，使心地保持宽绰洁净，乐观处世，自觉地抵御外来的种种侵蚀和诱惑从而澄心守神。张英还仿效白居易，以"乐圃"为号，知足常乐，主张"富贵贫贱，总难称意，知足即为称意；山水花竹，无恒主人，得闲便是主人。"

后天元气与饮食息息相关，在饮食方面，张英提出：慎饮食，忌过饱，忌肥腻，忌多品。他引用陆游的诗句："倩盼作妖狐未惨，肥甘藏毒鸩犹轻"，对自己饮食的要求是："炊饭极软熟，鸡肉之类只淡煮，菜羹清芬鲜洁渥之，食只八分饱，后饮六安苦茗一杯。"

欲望与情绪影响气血的运行，所以张英强调节制嗜欲。张英认为，人生虽然有所适以寄其意，但对"珍异之物，决不可好"。以免耗费钱财物力，惹气而遗后患。他主张谦和忍让，流传至今的"三尺巷"故事也是对张英处世忍让观念的称颂。此外，张英提倡慎愤怒、慎寒暑、慎思索、慎烦劳，均为了颐养元气。

张英的养生观是古人研究养生的典范。纵观古今，如何颐养元气归结起来也不过四个字：开源节流。一方面，极尽所能把元气保持得满满的，使之常处于充盈的状态；另一方面，做到能而不为，不要挥霍元气，做到劳逸结合、量力而行、养精蓄锐、惜神如金，这样自然元气持满而无妄泄，益寿延年也必然是水到渠成的事。

12. 行五常，养五脏

晚清名臣曾国藩不但是中国近代政治家、战略家、理学家、文学家，而且还是一位养生大家，他的养生学说既包含常人养生之道，又有个人独创的养生理论。

曾国藩身为清廷重臣，历任要职，且又是一个克己奉政的人，劳累在所难免，严重损害身体健康。道光二十二年六月，曾国藩大病一场，近半年卧床不起，次年正月初十早起后更吐血数口。身体状况的严重恶化，让曾国藩意识到身体不得不保养，他在日记中写道："再不保养，是将限入大不孝矣。将尽之膏，岂可速之以风？萌蘖之木，岂可牧之以牛羊？苟失其养，无物不消，况我之气血素亏者乎？"自此，曾国藩开始重视养生并摸索、总结养生之法。

在曾国藩养生理论中，静字功夫占有一席之地。曾国藩养生初期效果不明显，思虑繁杂，有了头晕脑涨的毛病。几年后，曾国藩拜唐鉴为师学习静坐养生。他在日记中写道："意欲节劳，而游思仍多。心动则神疲，静则神裕。唐先生言，最是'静'字功夫要紧。"曾国藩把静坐作为养生的重要方法，每日不拘何时都会静坐一会儿，坚持数十年。

曾国藩遵从、效仿曾氏长辈养生做法，吸取他人养生经验，探索、积累自己的养生之道。同治五年六月，他在写给四弟的家信中说："养身法，约有五事：一曰眠食有恒，二曰惩忿，三曰节欲，四曰每夜临睡洗脚，五曰每日两饭后，各行三千步。"同治十年十月，他在写给四弟、九弟的家信中，又提出了养生六事。"一曰饭后千步，一曰将睡洗脚，一曰胸无恼怒，一曰静坐有常时，一曰习射有常用，一曰黎明吃白饭不沾点菜。"曾国藩说，养生之法莫大于"惩忿窒欲，少食多动"八字，这八个字可看作他的养生纲领。曾国藩这些养生之谈，看似平常，但都经过历史检验、世人公认，与现代的卫生学也是一致的，如若借鉴施行，必有裨益。

行五常养五脏称得上是曾国藩的创新。曾国藩在《养身要言》文中说："一阳初动处，万物始生时，不藏怒焉，不宿怨焉。——右仁所以养肝也。扩然而大公，物来而顺应。裁之吾心而安，拨之天理而顺。——右义所以养肺也。内有整齐思虑，外而敬慎威仪。泰而不骄，威而不猛。——右礼所以养心也。心欲其定，气欲其定，神欲其定，体欲其定。——右智所以养肾也。饮食有节，起居有常。作事有恒，容止有定。——右信所以养脾也。"

这段话归结起来就是行五常养五脏，翻译成现代文字，意思是说，阳刚之气最初活动的地方，是万物开始生长的时刻，不要满腹火气、怨气——讲究仁才可以保养好肝脏。心胸开阔，大公无私，顺应世上的事物，问心无愧，顺应天理——讲究义才可以保养好肺。对自身内部要检讨不足、提升品行境界，对外则要恭敬谨慎、威严有风度，安详而不骄傲，威严而不刻薄——讲究礼才可以保养好心脏。心要平静，神要安定，气血要稳定，身体要平定——讲究智才可以保养好肾。饮食有节制，起居有规律。做事有恒心，举止有规矩——讲究信才可以保养好脾脏。

曾国藩把儒学精髓与养身之道有机地结合起来，将"仁礼信义智"与"肝肺心肾脾"一一对应，颇为奥妙。

古人说："五常，五行也。"在古代阴阳五行中，仁、礼、信、义、智就是"五常"。仁是仁爱之心；义是处事得宜、合理；礼是人际关系的正常规范如礼仪、礼制、礼法；智是明辨是非；信是言无反覆、诚实不欺。行五常即品德、心性的修为。"道达人情以五常之行，谓金、木、水、火、土之性也。"自古以来，中国先贤把五行理论巧妙地运用于医学领域，以五行辩证的生克关系来认识、解释生理现象，尽力适应内部自然规律以养生，努力掌握人体运行机制以防病、治病，取得了无比丰富的经验和成果。而五脏中心属火，肺属金，肝属木，脾属土，肾属水，故行五常养五脏的本质就是调整心性、涵养品德从而促进身体健康。

人有七情六欲，而负面情绪会有害于身体健康，这不但是人们的共识，而且也完全符合现代医学道理。行五常之人，能够很好地控制喜、怒、哀、乐、怨、忧、惧各种情绪，心泰神安、气血和畅，充满盈盈阳刚之气，五脏健康了，肌体自然更有能力抵御疾病的侵袭。曾国藩提倡行五常以养五脏，奉行性命双修，完全有科学根据，是留给我们的宝贵养生经验。

行五常能够养生，但不仅仅用以养生，五常是中华伦理的结晶，是中国传统价值体系的核心因素，从某种意义上说，已经成为衡量一个人、一个社会、一个国家文明程度的标准，即便是现代社会，也依然需要讲求仁礼信义智。而从个人的角度说，拥有仁、礼、信、义、智，必须有爱心、善心、公心、聪慧之心，为此，就要善于学习、勇于自我改造，加强品行修养，提高思想境界。

13. 老年人须自知"夏至后"

偶遇老谭，十分亲切，老朋友多日不见自然惦念。

"别提了，"寒暄之间老谭告诉我，"回农村老家踩着梯子上墙摘菜，不小心摔下来，腰椎压缩性骨折，住院两个多月呢！"这菜摘的，成本大了，老谭受了罪、花了几万元钱不说，还把正在上班的两个儿子搅得不得安宁。

"老了就要服老啊，上墙爬屋的事坚决不能干了！"我叮嘱老谭。

老谭也属年届古稀的人，一向感觉身体没啥大毛病，总是忙里忙外，这次的事情算是提个醒。

据我所知，像老谭这样的还大有人在：有位老同志看别人接送孙子上学眼热得不得了，不顾儿子、儿媳劝阻揽了这任务，结果有一天为了躲避汽车，骑着电动车摔倒在地，自己摔破脸，孙子受惊吓，招来儿子一顿埋怨；还有位老同志为了帮儿子装修别墅，没日没夜地操劳，诱发心脏病，结果不治身亡……

人老退休，本来应该颐养天年，打算老有所为却招来灾病加身，根源就是"不识老滋味"。

清朝进士张英在《聪训斋语》中有一段话很是发人深省。张英说，"余尝观四时之旋运，寒暑之循环，生息之相因，无非圆转。人之一身，与天时相应。三四十以前是夏至前，凡事渐长；三四十以后是夏至后，凡事渐衰。中间无一刻停留，中间盛衰关头无一定时候，在三四十之间。观于须发可见，其衰缓者其寿多，其衰急者其寿寡。"张英说人的身体兴盛衰落，绝对没有居中而立、长盛不衰的道理。譬如一棵树开花，花朵开到最美的时候，一定也是凋谢残败零落开始的日子，而想保护它们，就要顺应它们自身发展变化的规律。

张英的观点完全符合辩证唯物主义。人之生老病死是一个客观规律，时过中年自然会逐步衰老，体力、精力以及社会活动能力难免越来越差，没有什么人不在此列，这是一个很实际的情况，倘若不予正视，勉强去做自己不胜任的事情，很可能事与愿违，给自己、给家庭、给社会增加额外负担。

我们常常说要保持年轻的心态，要老有所为，这没有错，但同时还应该特别强调老有不为，这两者之间相辅相成，并不矛盾。一方面，老年人首先要在精神上保持旺盛的生命力，心态年轻的人才能积极乐观地体味生命、享受生活；同时在体力、精力允许的情况下热心参加社会活动，帮助子女操持一些家务，从而充实自己的老年生活，也为家庭和社会的和谐贡献一份力量。另一方面，老年人还必须知道自己的身体状况已属"夏至后"，决不可在多事之秋超出力所能及的范围，硬要去做做不了、做不好的事情。从某种意义上讲，只有把握住老有不为，才能更好地老有所学、老有所乐、老有所为。

"夏至后"不比"夏至前"，故而"好汉不逞当年勇"，同时，也不可盲目攀比他人。不可否认，有的老年人还能从事较繁重的体力劳动，还能进行有难度的体育锻炼项目，但是，这并没有普遍性，因为人与人之间是有差别的，并不是所有的老年人身体素质都那么好，都经过长期锻炼，所以未必别人做到的事，自己也一定要做到。

通常情况下，老年人会为了养生而积极参与各种各样的体育锻炼，值得注意的是，即便是非常有益的锻炼，也要把握一个合适的度。有一个时期，我下载了"悦动圈"，散步锻炼的热情空前高涨，步行里程迅速攀升，直到朋友提醒有人因为步行时间过长、强度过大伤了膝关节，我才警觉起来，调整到合理的散步强度。

养生也好，锻炼也罢，是要讲求科学的。老年人那种在心理上颓废衰败，整天掰着指头算日头的做法固不可取，而一味不服老，事事逞强的行为也是错误的。做什么，怎么做，老年人一定要视具体情况来取舍，决不能感觉不多做点什么就对不起谁，即便是子孙的事，也不要过于萦心，以免等到出现不良后果才后悔，因为岁月不饶人，毕竟自身己是"夏至后"。